上毛新聞コラム新書 2

「三山春秋」が伝える時代のこころ

詩のまち「前橋」ものがたり

上毛新聞社

凡例

・本書は上毛新聞1面に掲載した「三山春秋」の中からテーマに沿ったコラムを選び、新たにタイトルを加え、編集したものです。
・本文は、読みやすくするため、新聞では▼で区切っている部分に句点を付け改行しました。
・新聞掲載後の状況の変化、時代背景、字句説明などを脚注として、本文末に加えました。
・末尾の日付は掲載日です。
・肩書、固有名詞、年齢などは基本的に執筆時のままとしました。
・現在の上毛新聞の数字・漢字の基準と異なる表記の場合は修正しました。

はじめに

群馬は明治以後、多くの詩人、歌人、俳人を輩出してきたことから、「詩の国」「詩のふるさと」などと呼ばれます。

なかでも前橋のまちからは、萩原朔太郎をはじめ、平井晩村、高橋元吉、萩原恭次郎、伊藤信吉ら全国に知られる数々の優れた詩人が生まれ、大きな仕事を残しました。

さらに北原白秋、室生犀星、若山牧水、草野心平ら県外の錚々たる詩人、歌人たちが来訪、来住し、交流を繰り広げました。

これほどの密度の濃さは他に例がないでしょう。前橋のキャッチフレーズのひとつとして使われている「詩《うた》のまち」にふさわしい土地であることは間違いありません。

ではなぜ前橋でこのような「詩的にぎわい」が生まれたのでしょう。何より影響したのは、言うまでもなく萩原朔太郎（１８８６〜１９４２年）という日本近代詩史に刻まれる画期的な詩業を残した詩人の存在の大きさです。朔太郎が前橋に生まれ、生涯のほとんどを過ごし、活動を続けたことが、詩人たちに刺激を与え、集うきっかけとなり、詩のまちが形づくられるもとになりました。

上毛新聞の1面コラム「三山春秋」をテーマごとにまとめる「上毛新聞コラム新書」第2巻となる本書は、そんな前橋の詩人たちの文学遺産、それらを生み出した詩的風土、遺産を生かしたまちづくりなどを取り上げたコラム100編を集めました。

書かれたのは、1990年から2020年までです。それまでに先人たちにより積み重ねられてきた朔太郎をはじめとする前橋の文人の研究、顕彰活動が、劇的に変化し、飛躍的に進展しつつある時期であり、多様な視点で詩人たちの仕事や課題を掘り下げています。

コラムとともに、関連年表や解説を加えました。「詩のまち前橋」の歩みやこれからの可能性を総合的に理解してもらい、前橋ならではの文化を生かしたまちづくりに微力ながら寄与できればと願っています。

目次

第3章　潤いあるまちに―詩魂がもたらすもの

（装丁・新書シンボルマーク　栗原　俊文）

第1章

模索と変革

朔太郎顕彰の軌跡

三山春秋

前橋市千代田町(旧北曲輪町)にあった詩人、萩原朔太郎(1886〜1942年)の生家が一部を除き取り壊されたのは1969年のことだ。残された建物はそれから場所を転々とする

▼離れ座敷と庭園の一部は同年、市によって臨江閣に、土蔵は5年後、敷島公園に移築保存された。朔太郎が

1955年 5 月	萩原朔太郎詩碑（「帰郷」）が敷島公園に建立される
1960年11月	「萩原朔太郎祭」が前橋市で開かれる
1963年 5 月	第 1 回「朔太郎忌」記念の集いが前橋市で開かれる
1964年 5 月	第 2 回「朔太郎忌」が開かれ、萩原朔太郎研究会が発足
1980年 5 月	敷島公園・ばら園に萩原朔太郎生家の離れ座敷が移築され、書斎、土蔵、離れ座敷の 3 棟がそろい萩原朔太郎記念館の整備が終了
1986年10月	萩原朔太郎生誕100年祭が前橋で開かれる
1993年 9 月	萩原朔太郎賞の第 1 回受賞作が谷川俊太郎の『世間知ラズ』と決まる
2017年 4 月	萩原朔太郎記念館が前橋文学館近くに移築される

はすでに61年、桃井小校庭に移されていた▼この書斎が同公園に動かされたのは78年。さらに翌年には、離れ座敷も書斎と同じ場所に再度移され、そろった3棟が萩原朔太郎記念館として一般公開されてきた▼前橋では、製糸業で栄えた「糸のまち」の歴史を伝えるれんが倉庫が近年、次々と解体されてきた。それを考えれば、もとの場所とは異なるとはいえ、研究者らの努力によって書斎などが保存されたことの意義の大きさを実感する▼この朔太郎記念館を、中心街の広瀬川沿

新聞記事でたどる「詩のまち前橋」ものがたり

赤城おろしの中で
朔太郎詩碑のクワ入れ式

○…郷土の生んだ詩人萩原朔太郎の詩碑地鎮祭は五日あさ前橋市敷島公園の松林に関口市長、大岡助役、それに東宮七男氏ら関係者十数人だけの手で、ひそやかに行われた。
○…既にブロンズの手配も終り、十三回忌にあたる五月十一日までには完成するという。
○…生前朔太郎が好んで逍遥したというこの場所は〝我が故郷に帰れる日、汽車は烈風の中を突き行けり〟と詠みこまれる詩と同じく、吹きすさぶ赤城おろしの中に松籟の音だけが聞えていた。
＝その地鎮祭の鍬入れ＝

1955.4.5

朔太郎詩碑除幕式 終る

前橋市敷島公園の松林の中に造られた郷土の詩人萩原朔太郎詩碑除幕式が十一日午後二時半から行われた。故朔太郎氏の長女萩原葉子さん、孫朔美君ら遺族をはじめ旧友の詩人三好達治、伊藤信吉、高橋元吉氏ら、黒沢県教育長、関口前橋市長ら数十人が出席、式は神式により行われた。朔美君の除幕後、葉子さんが玉串を捧げ高橋氏が碑面の詩「帰郷」を朗読した。

1955.5.12

朔太郎の思い出語る

十一日、前橋・東電サービス・センターで前橋市図書館主催、詩人「萩原朔太郎二十年忌」記念会が開かれた。会場は県内文化人や学生などではいりきれないほどの盛況。席上、神保光太郎氏、伊藤信吉氏などの朔太郎の思い出話につづいて長女葉子さんが肉親としての朔太郎を語った。会終了後参加者全員で菩提寺（同市榎町）の政淳寺に墓参りし、来年の「朔太郎忌」計画を約して会を終えた。
＝盛大な「朔太郎忌」記念会＝

1963.5.12

〝詩のまち〟を体現

前橋文学館がオープン

8日まで無料開放

前橋文学館前の朔太郎像を除幕する関係者

郷土の詩人・萩原朔太郎を記念する前橋市千代田町の「水と緑と詩のまち前橋文学館」（加藤鶴男館長）が三日オープン、市や前橋商工会議所幹部、県内の文化関係者ら約百五十人が参加して式典と記念レセプションを開いた。

式典に先立ち、完成した「朔太郎橋」の上では、藤嶋清多市長や朔太郎橋の命名者代表の鈴木善秋さん[illegible]ら五人によるテープカットが行われ、彫刻家の三谷慎氏が制作した朔太郎像を除幕した。

文学館三階ホールで開かれた式典では、岡本信正教育長が建設に至った経緯と施設の概要を説明し「文化活動の拠点として県内外から参観者を集めたい」とあいさつ。レセプションでは朔太郎の長女の萩原葉子さんや室生犀星の長女の室生朝子さん、詩人で朔太郎賞の選考委員、那珂太郎さんが紹介され、和やかに歓談した。

文学館では四日から八日まで全館を一般無料開放。初日の四日は伊藤信吉氏による記念講演、五日には詩の朗読とマンドリン演奏を行うほか、開館特別企画展として来月三十一日まで「萩原朔太郎・室生犀星交流展」「南城一夫展」を開催している。

1993.9.4

文学館近くに移築

朔太郎記念館きょう公開

移築を終えた萩原朔太郎記念館

前橋出身の詩人、萩原朔太郎の生家の一部を保存した「萩原朔太郎記念館」が、敷島公園（前橋市敷島町）から広瀬川河畔（同市城東町）へ移築され、7日に関係者向けの内覧会が開かれた。8日から一般公開する。

記念館は書斎、離れ座敷、土蔵の3棟で構成し、総床面積約70平方㍍。移築先は約380平方㍍の市有地で、広瀬川を挟んで対岸に朔太郎の功績を紹介する前橋文学館がある。

書斎はみそ蔵を改造したもので、朔太郎が27～32歳に使った。詩集「月に吠える」「青猫」に収めた作品が生まれた場所として知られる。離れ座敷は、北原白秋や若山牧水、室生犀星が朔太郎を訪ねた際に通された。土蔵は朔太郎のノートや原稿などが保管され、前橋空襲でも焼失を免れた。

朔太郎の生家は、現在の同市千代田町にあった。戦後も残った3棟は別々の場

2017.4.8

朔太郎研究の基礎づくりに心血

読み返すたびに新しい発見があり、刺激を受ける文章がある。今年、没後50年となる元萩原朔太郎研究会幹事長、渋谷国忠さん（１９０６～１９６９年）の「朔太郎の詩的遺産摂取のために」（『萩原朔太郎論』収録）はその代表例だ。研究者がとるべき姿勢として強調した次の言葉にとりわけ引かれる。

〈花を花として見るばかりでなく、それを咲かせた有機体のいのち全体の中で、その栄養のぐあいまでも含めて、その花をとらえなければならない〉

「栄養のぐあいまで」とは単に日常生活を掘り下げることではなく、「時代をうつす鏡」として作品を徹底して読み解く必要がある、との主張である。

長野県出身の渋谷さんは、前橋市立図書館長として朔太郎資料の収集・保存と研究の基礎作りに心血を注ぎ、64年に設立された朔太郎研究会運営の中軸として奔走。「朔太郎忌」開催などに力を尽くした。

〈（研究会にとって）かけがえのない心棒のような人だった。（略）地道で目立たぬ持続的な営みの中にこそ、真の「文化」の生きた姿があった〉。同研究会長を長く務めた故那珂太郎さんは、渋谷さんの追悼文で功績をたたえた。

47回目の朔太郎忌（5月11日、前橋テルサ）では、多彩な芸術活動をテーマに対談や朗読劇が行われる。渋谷さんが求めた「時代精神」に迫る研究・顕彰につながってほしい。

（２０１９年5月9日）

渋谷国忠さんは長野県上伊那郡伊那村（現駒ケ根市）生まれ。大学卒業後、横浜市立図書館に15年間勤務し、１９４３年から23年にわたり前橋市立図書館長を務めた。萩原朔太郎の研究を始めたのは、敷島公園の「帰郷」詩碑建立計画に関わってから。

手つかずに残された遺産

萩原朔太郎の詩のなかで最も好きな一編は―。そう問われたら何を選ぶだろう。(1)「旅上」(2)「こころ」(3)「桜」。1966年、当時高校教諭をしていた俳人の神保治人さんが、1年の女生徒に8編を読ませ、順位をつけさせた結果である(みやま文庫『詩人 萩原朔太郎』)。

〈韻律に乗った美しいことばの詩に興味を持ち、そこに美しいイメージを感じている〉。神保さんはそうとらえた。時代により、選ぶ世代や関心の度合いによって答えはまったく異なるだろう。

萩原朔太郎研究会が発足したばかりで、詩的業績を顕彰する動きが郷土を中心に本格化していた時期だ。その中心となった元前橋市立図書館長の渋谷国忠さんは同書で

〈日本のどんな詩人も〉世界文学の場において萩原朔太郎に比肩せしめることはできない〉と位置づけている。

他の文章でこうも指摘した。〈われわれが朔太郎から摂取すべき遺産は、まだかなり手つかずに残されているのではないだろうか〉。

それから半世紀。没後70年を迎えるのに合わせ、前橋文学館で開かれる朔太郎忌は40回目だ。室生犀星とのかかわりをテーマにした講演が予定される。今、詩はどう読まれ、郷土における研究はどこまで深まったのか。依然として少なくない〈手つかずに残された遺産〉を掘り下げる機会としたい。

（２０１２年5月10日）

渋谷国忠さんの萩原朔太郎研究に関わる最初の仕事は１９５４年に刊行した朔太郎の文献目録「郷土所在萩原朔太郎書誌」の発行。その10年後に充実を図り、「萩原朔太郎書誌」にまとめられ、研究者の基礎文献として高く評価されている。

朔太郎文庫を守る

萩原朔太郎研究会事務局長を長く務め、郷土における朔太郎の詩業研究・顕彰事業の中心となってきた野口武久さんが18日、73歳で亡くなった。

朔太郎の詩との出合いは前橋高1年の時。文庫詩集をポケットに入れ、郷土望景詩の舞台となった広瀬川や利根川河原を巡り歩いた。そんな文学少年は前橋市立図書館に入って朔太郎とのかかわりをさらに深める。

「萩原朔太郎文庫」と呼ばれる資料センターを立ち上げ、朔太郎研究会の生みの親ともなった館長、渋谷国忠さんの指導を受け、〈いつしか運命のように朔太郎研究は私のライフワークになってしまった〉（『朔太郎の日々』）。

〈ぼくがいなくなっても君の力で（朔太郎文庫を）守ってほしい〉。１９６９年に他界した渋谷さんに言われた野口さんは、自分の使命と受け止めた。

朔太郎の遺族らに信頼され大量の資料寄贈を受け、文庫は全国の研究者に活用されるまでに充実した。1986年の朔太郎生誕100年の際には、記念イベントの企画・運営の軸となって奔走した。

渋谷さんがまいた種を野口さんが丹精し育てた。それらが多くの人を刺激し、文庫をもとにした前橋文学館の建設や朔太郎賞創設につながった。深い理解と愛情をもって朔太郎の文学遺産を郷土に根付かせる活動に力を尽くした2人の言葉をもう一度かみしめたい。

（2010年3月25日）

萩原朔太郎生誕100年祭は1986年10月5日、前橋市民文化会館大ホールで開かれた。予定の1時間前に入場を開始し、すぐに満席に。入場しきれない人がロビーにあふれた。朔太郎に関わる催しとして例のない反響の大きさだった。

朔太郎研究会報の蓄積

出版されたばかりの「萩原朔太郎研究会会報」合冊本（39～72号）を開くと、巻頭に、長く同研究会事務局長を務め昨年3月に亡くなった野口武久さんの「朔太郎生誕百年祭を終えて」と題した文章があった。

１９８６年に前橋で開かれた節目の記念事業を振り返り、こうしめくくっている。〈朔太郎にかかわる仕事は、私の中にまだまだ数多くの問題をのこしている。それ等をひとつ、ひとつやりとげなければならないと考えている〉。

会報は１９６４年、研究会発足後まもなく第1号が発行された。郷土での朔太郎関連資料収集・研究の道筋をつくり、推進した当時の市立図書館長、渋谷国忠さんが編集に当たり、18号から野口さんが引き継いだ。

以後、全国組織である研究会運営の中心となって発展させてきた。体調を崩したのは2冊目になる合冊本の編集を終えようとしていた時期だった。

朔太郎の第1詩集『月に吠える』に収められた詩「地面の底の病気の顔」の自筆原稿が前橋文学館に寄贈された（同館収蔵資料展で展示）。米国の研究者が「詩人生地の研究機関にあったほうがいい」と昨年秋に申し出たという。

これも、渋谷さん、野口さんらが使命感をもって取り組んだ顕彰活動の結果なのだということが、合冊本を読んでいくとわかる。現状に甘んじることなく、コツコツと積み上げた仕事が輝いて見える。

（2011年4月18日）

萩原朔太郎研究会報第1号が発行されたのは1964年8月1日。収録された設立趣旨の冒頭で、詩人萩原朔太郎について「日本文学の進路につらなる根本的な問題をはらんでいる」とし、その研究は、「重要な公共的意義をもつ」と強調している。

朔太郎ルネサンス

もし仮に、世界の近代詩のオリンピックが開催されるとしたら、ボードレール、ランボー、ポーらに対抗できる日本の詩人はだれだろう。

50年前、前橋で萩原朔太郎研究会が設立された時の中心となった元前橋図書館長の渋谷国忠さんは、こう書いている。〈日本が送るべきチャムピオンとして、朔太郎をおいてほかにいかなる詩人があるだろう〉（みやま文庫『詩人 萩原朔太郎』はしがき）。

にもかかわらず、〈朔太郎の果したその仕事が、いかに困難な、まさに天才の事業と言っていいほどの課題であったということは、必ずしも広く理解されているとは言えない〉とも指摘した。

11日にあった朔太郎忌「朔太郎ルネサンスin前橋」（同研究会、前橋文学館共催）

に参加して、この熱のこもった文章を読み返したくなった。

研究会は昨年、新会長に評論家の三浦雅士さんが就任、今春から事務局機能を前橋文学館に移し新体制になった。これまでにない可能性を感じる人が多かったのか、会場は300人で埋まった。朔太郎に関わる催しで、これほどのにぎわいは生誕100年祭（1986年）を除けば例がないだろう。

三浦さんは、朔太郎が世界的にも重大な存在であるのに依然として本格的に研究されていないことを強調した。その姿勢は、研究会草創期の渋谷さんの精神と重なって映る。

（2014年5月19日）


三浦雅士さんは、萩原朔太郎研究会会長就任に当たってのインタビューで、こう述べた。「朔太郎は世界的なレベルで、実存的苦悩をはっきりと主題化したことにおいて認められなければならない。その意味で、朔太郎ルネサンスを起こしたい」と。

朔太郎研究会に新しい風

詩人、英文学者の西脇順三郎さんが萩原朔太郎研究会の第2代会長に就いたのは半世紀前の1966年、72歳のときだった。

その翌年、前橋であった朔太郎忌の記念講演で、10代のころから知っていた〈大詩人〉に深い共感を寄せ、こう述べた。〈詩人を非常に尊敬した詩人〉〈明治に生まれた方として最大なる詩人をお持ちになるのは、（前橋市民の）幸福である〉（萩原朔太郎研究会報11号）と。

研究会は1964年に発足した。西脇さんは初代会長の詩人、伊藤信吉さんから引き継いで、亡くなるまで16年間にわたり在任し、研究・顕彰活動などに尽くした。以後、再度務めた伊藤さん、詩人の那珂太郎さんと続き、2013年には文芸評論家の三浦雅士さんが就任した。

これを機に事務局機能が前橋文学館に移行、三浦さんは「朔太郎ルネサンス」をと朔太郎忌の改革や会報の刷新などに取り組み、活気が生まれている。

三浦さんに代わって、２００９年に萩原朔太郎賞を受け同賞選考委員を務める詩人、小説家、評論家の松浦寿輝さん(62)が６代目の会長になると知り、期待が膨らんだ。受賞者記念講演で、朔太郎の詩業を〈彼の生と言語の必然から生まれた、徹底的な冒険〉ととらえた考察に強い刺激を受け、西脇さんの視線とも重なるものを感じた記憶があるからだ。研究会に新しい風を吹き込んでほしい。

（２０１６年11月28日）


萩原朔太郎研究会の初代会長は伊藤信吉さん。その後、西脇順三郎さん、伊藤信吉さん、那珂太郎さん、三浦雅士さん、松浦寿輝さんが務めている。在任期間が最も長かったのは那珂さんで21年。続いて西脇さんが16年、伊藤さんが12年務めた。

『月に吠える』の100年

〈何といふすばらしさだ。全く私は驚喜してゐる。内容は知つてゐるが装幀のすばらしさはどうだ〉

北原白秋がこう絶賛した萩原朔太郎の第1詩集『月に吠える』の初版（大正6年刊行）を手にとり、ページをめくったときの感動を忘れない。

もちろん実物ではない。細部まで忠実に再現した『精選名著復刻全集　近代文学館』（日本近代文学館刊行）の一冊だ。「詩の革命」といわれた作品とともに、装幀という言葉では言い表せない、すごみのある造本に圧倒された。

詩集の出版まで多くの曲折があった。朔太郎は版画雑誌で存在を知った田中恭吉に詩集の装幀と挿絵を依頼した。ところが田中は、完成を果たせず23歳で病死する。このため田中の無二の親友だった版画家の恩地孝四郎に遺志を継いでほしいと頼み込んだうえで、こう希望した。〈三人の芸術的共同事業でありたい〉と。田中の遺作となったペン画11点と恩地の作品が収録された詩集は、3人の芸術への深い思いが合流することにより、装幀、印刷を含む本そのものが作品となった稀有な例と言えるだろう。

あと5年で初版出版から100年。電子書籍が広く読まれるようになり、本をめぐる環境は大きな節目を迎えているかに見える。読書の方法が広がること自体は歓迎したい。その一方で、紙だからこそ味わえる喜びを忘れたくない。

（2012年7月5日）

萩原朔太郎が田中恭吉の存在を知った版画雑誌は、美術学生だった田中と恩地孝四郎、藤森静雄の3人が1914（大正3）年に創刊した「月映《つくはえ》」。抽象木版画や詩が掲載されたが、田中が結核によって亡くなり、1年後に終刊となった。

那珂太郎さん編集の朔太郎詩集

先月、92歳で亡くなった詩人の那珂太郎さんが編集した旺文社文庫『萩原朔太郎詩集』を初めて購入したのは高校生のときだ。カバンやポケットに入れて持ち歩いたので、表紙が破れてしまい、同じ本を買い直すことになった。

詩に添えられた、那珂さんの丁寧な作品鑑賞は、頼もしい導き役となってくれた。どれほど多くの人がこの文庫本によって朔太郎の世界に誘われたことだろう。

〈少年時代はじめて彼の詩に接したとき、萩原朔太郎こそはこの世のただひとりの詩人だとさえ思われた〉（あとがき）。東大に入った翌年の１９４２年、朔太郎の死を知り、衝撃を受けた。すぐに前橋を訪れ、「郷土望景詩」に歌われたまちをさまよい歩いたという。

戦後、朔太郎研究に打ち込み、詩的言語の分析は研究者に大きな影響を与えた。朔太郎研究会の発足時から常任幹事となり、昨年まで長く会長を務めた。

朔太郎の詩は、「私の『ことばのふるさと』」だという。数年前、前橋文学館で開かれた企画展の図録に書いている。さらにこう続けた。〈人間のいのちには限りがあり、（略）しかしその人のことばは生きつづける。読む人がある限り、それは消滅することなく生きていく〉。

2冊目の文庫詩集は小口が茶色になったが、今もよく手にとる。那珂さんの鑑賞文は、朔太郎の詩とともに生き続ける。

（2014年7月14日）

那珂太郎さんは1922年、福岡市生まれ。15歳のころ新潮文庫の朔太郎詩集を手にしてそのとりこになる。1958年、渋谷国忠さんの招きで前橋を訪れ、図書館所蔵の朔太郎書簡を筆写。病床の高橋元吉に会い、朔太郎生家を訪ねた。

生きることの本質を問う

「何を題材にしても父につなげられてしまう。ほんの少しだけ出てくるだけでも、〝遠くからみた朔太郎が描かれていていい〟なんて言われてしまうんです」。

萩原朔太郎の長女で作家の萩原葉子さん（1920～2005年）が、父を描くことに対する複雑な思いについて言葉を選びながら語ったのを覚えている。1986年、朔太郎生誕100年に合わせ取材したときのことだ。

1959年、「遺言のつもりで書いた」という『父・萩原朔太郎』でデビューして以来、『蕁麻の家』3部作などの自伝的小説で、幼いときの父母の離婚、家族との軋轢を題材に心の中の苦しみを描き続けた。

そして、亡くなる直前まで手を入れた『朔太郎とおだまきの花』は、作家としての出発点に続いて、父を真正面からとらえる作品となった。

葉子さんの没後10年に当たる1日を前に、遺作を読み返した。それまでの作品にあるような、父に対する厳しい指摘とともに、より冷静で温かな視線が加わっているように思われた。

同書の末尾で、母が亡くなったとき、朔太郎の分骨のある霊園に共に納骨したことを報告し、理由をこう書いた。〈(生前の母が葉子さんに)「アタシ、やっぱりお父さんを一番愛していたわ」と真顔で言ったのでした。私は、それを信じました〉。生きることの本質を問う小説家の目がそこにある。

（2015年6月29日）

萩原葉子さんが前橋市にいたのは合わせて6年ほど。4歳まで石川町（現紅雲町）に住み、東京での4年を経て、両親の離婚に伴い、北曲輪町（現千代田町）の祖父母の家に戻った。桃井尋常小学校3年に編入し、5年生のときに東京に移った。

受賞者発表を前橋で

「文学館ができたのに、ここを使わずに東京で賞の発表をするのはなぜか」。１９９３年９月、前橋文学館の開館記念講演会で、前橋市出身の詩人、伊藤信吉さんが指摘した。

前橋市制施行１００年を記念して設けられた萩原朔太郎賞（同市など主催）の受賞作発表が東京都内で行われることへの疑問だった。他の文学関係者からも「前橋から全国に文化情報を発信する姿勢がほしい」との要望が出た。

主催者の一部には、都内のほうが発信のために有効という考えもあった。しかし、「地元から遠い存在になった」などという声を重視、市民や県民により身近なものにするため、１９９６年の第４回から発表を前橋でと改めた。

都内在住の選考委員の日程調整など課題があったが、２００５年以後は、最終選考会、発表、授賞式のすべてを前橋で行うようになった。この方法で回を重ね、詩のまちは確実に豊かさを増している。

今年の朔太郎賞選考委員会が5日、前橋文学館で開かれ、和合亮一さん（福島市）の詩集『ＱＱＱ』（思潮社）に決まった。発表会見には選考委員の5人全員が出席、選考過程で激論が交わされたことを明かし、それぞれの評価を丁寧に熱を込めて語った。

緊張感に満ちた雰囲気に接して、現代詩の最高峰の賞がこの朔太郎の郷里で発表されることの意味の大きさをあらためて実感する。

（２０１９年9月8日）


萩原朔太郎賞は１９７９年に群馬県が創設を計画したが、遺族らからの賛同を得られず、見送られた。それから曲折を経て14年後、前橋市などの主催で始められた。当初は受賞者の発表場所などをめぐり議論があったが、現状の形となり定着した。

詩人の秘密

天空に輝く星座を見ていると、この地球の小ささ、そして自分の存在がいかに小さいものであるかを思い知らされる。星の中には光が、目に届くまで天文学的な歳月がかかっているものもある。

『二十億光年の孤独』は詩人、谷川俊太郎さんの処女詩集。近作『世間知ラズ』で第1回萩原朔太郎賞に輝いたこの人の受賞記念展が前橋文学館で開かれている。セピア色の創作ノートや原稿、書簡集、写真をはじめ自ら出した絵本集、レコード。寺山修司と共作したビデオレター…。幼少からの200点に及ぶ資料が並ぶ。

まず目に留まるのが〈人類は小さな球の上で／眠り起きそして働き／ときどき火星に仲間を欲しがったりする〉で始まる「二十億光年の孤独」の原稿だ。そばには、この詩集に寄せた師、三好達治の直筆の「序詩」も。朔太郎を師と仰いだ達治。この達治によって谷川さんは世に出た。

「序詩」の書き出しは「この若者は意外に遠くからやってきた／してその遠いどこやかから／彼は昨日発ってきた」とある。多彩な資料がそろう会場で感じられるのは、その詩的宇宙の大きさと詩に対する真摯な姿勢だ。

常に日常性を超える透徹した創造力を養った詩人の秘密を資料は語る。その土壌となったのは1歳の時から夏を過ごしてきた本県の北軽井沢。緑なすこの地が感受性形成の核となり「自然を通して宇宙へと心を開いた」と。

〝宇宙的交感〟の中で詩的感動を綴る谷川さん。展覧会でも、私たちの心を宇宙と原初の世界へと誘う。同時に果てしなく続く広大な宇宙の中の一瞬を生きるそれぞれに、「自分をもっといたわって」とメッセージを送る。


（1994年2月2日）

北軽井沢の法政大学村にある別荘は、父で哲学者、谷川徹三さんが所有し、谷川俊太郎さんに引き継がれた。〈倉渕への道は曲がりくねっている〉で始まる詩「倉渕への道」（『世間知ラズ』所収）は、東京からの別荘へと向かう途中の描写が続く。

詩を楽譜のように読む

詩を読む楽しみがもう一つ増えた気がした。前橋文学館で行われた萩原朔太郎賞贈呈式。受賞者の詩人、小池昌代さんがピアノを弾きながら行った風変わりな記念講演「朔太郎とわたし」を聴いたときの印象だ。

朔太郎作品のオノマトペ（擬声語）に面白さを感じた小池さんは、詩を「楽譜」のようにとらえて、好きなように読むとよい、と思うようになった。そして歌をつくって〝遊んで〟みると、違うイメージが生まれたという。

講演で実例として取り上げたのは〈しづかにきしれ四輪馬車《しりんばしゃ》〉で始まる朔太郎の「天景」（『月に吠える』所収）。「透き通ったメロディーをつけたい」と思って自ら作った曲を披露した。

軽やかな歌声に接すると、確かに黙読したときとは異なる風景が浮かんできた。朔太郎作品の新鮮な解釈であり、鑑賞ともいえるのではないか。

朔太郎は詩人として世に出る以前、郷里で音楽活動に心血を注いだ。1915（大正4）年、ゴンドラ洋楽会（のちに上毛マンドリン倶楽部）を設立し、演奏会を繰り広げる。当時の地方都市での活動としては異例のことだ。

この音楽とのかかわりを紹介する企画展「萩原朔太郎の音楽」が同文学館で開かれている。小池さんの講演後に足を運ぶと、展示されている朔太郎の自筆楽譜が詩の草稿と重なって見えた。

（2010年11月8日）

朔太郎の詩「天景」について那珂太郎さんは〈「しづかにきしれしりんばしや」は「し」音をかさね、さながら馬車の軽やかな車輪のきしみを感じさせ、初中終と三度くりかえされて、きわめて効果的〉と解説した（旺文社文庫『萩原朔太郎詩集』）。

「詩的にぎわい」もたらす

詩人の辻征夫さん（1939～2000年）が初めて萩原朔太郎ゆかりの前橋を訪れたのは1988年1月末のことだった。

青春時代から「いちばん読んでいる詩人」である朔太郎の〈わが故郷に帰れる日／汽車は烈風の中を突き行けり。〉で始まる「帰郷」を思い出し、同じ厳寒の候にと決めていた。この詩が刻まれた碑のある敷島公園の朔太郎記念館に行くと、参観者の姿がなく、入り口で脱いだ自分の靴の写真を撮影して帰ったという。

8年後、第4回萩原朔太郎賞を受賞した辻さんは前橋文学館での受賞者展でこの写真を展示した。力みのない、ひょうひょうとした作品や風貌とも共通する空気があった。前橋での足跡をこんな形で表現した詩人の遊び心に引きつけられたのを覚えている。

今年の同賞には、福間健二さん（東京都）が選ばれた。１９９３年に賞が設けられてから19人目。歴代の受賞詩人は前橋と接点をもち、この地にさまざまな刺激と影響を与えてきた。

似たことが大正から昭和初めにかけてあった。朔太郎のいる前橋を北原白秋、室生犀星、草野心平ら多くの詩人たちが訪れた。さらに交友のある県内外の文人も加わって往来し、「詩的にぎわい」をもたらした。

同賞の在り方をめぐり見直しの提案もある。が、まちを豊かにしてくれるこのにぎわいは、さらに広がり、深まってほしい。

（２０１１年9月4日）


敷島公園の朔太郎記念館を訪れたときの思いを、辻征夫さんはこう回想している。〈詩人というのはやはり、作品の中にしか生きていないのだという自明のことをもう一度考えて、コートのポケットに手をつっこんで歩き出した〉（「寒風の前橋へ」）。

悲壮感とユーモア

〈ひそかに家を脱して自転車に乗り、烈風の砂礫を突いて国定村に至る。忠治の墓は、荒寥たる寒村の路傍にあり〉

萩原朔太郎は自作「国定忠治の墓」について書いている（詩集『氷島』）。

重体となった父の看護のため故郷の前橋にいた昭和5年冬、朔太郎は〈人事みな落魄して、心烈しき飢餓に耐えず〉、前橋から旧国定村の忠治の墓まで自転車で訪れた。

片道およそ20キロ。舗装されていない田舎道を空っ風に向かい突っ走る、悲壮感ただよう詩人の姿が浮かんでくる。この風景について、〈見方を変えれば、どこかユーモラスでもある〉と書いたのは詩人の佐々木幹郎さん（東京都）である（「自転車乗りの夢」）。

朔太郎が、自転車の練習を始めたときのことを、珍しく〈戯画的〉な表現でつづった「自転車日記」というエッセーを紹介したうえで、こう指摘する。〈朔太郎が、自分の追い詰められた悲壮感はユーモラスと両義的であるということに気づいていなかったとは思えない〉。その複眼的なとらえ方にハッとした。

20回目となる萩原朔太郎賞（前橋市など主催）に佐々木さんの『明日（あした）』が選ばれた。歴代の個性あふれる受賞者たちは、多くの詩人を輩出した「詩のふるさと前橋」を、さらに豊かにする刺激を与えてくれた。今年も心地良い清新な風を吹きおこしてほしい。

（2012年9月6日）

佐々木幹郎さんは東京から嬬恋村の山小屋に月2、3回通う。1984年、米国ミシガン州の大学に研究員として半年派遣され、帰国後、広々とした原野と東京の環境との差にショックを受け、友人に嬬恋村を紹介されたのがきっかけという。

まちに刺激与える

「言葉の力をあまりに恐れ過ぎてきた」「（受賞で）これまで持てなかった勇気と力をいただき、背中を押されたと感じました」。

前橋市で開かれた第24回萩原朔太郎賞の贈呈式。詩集『砂文』で受賞した日和聡子さんの控えめに喜びを語る姿が印象に残った。今年はどんな作品が選ばれるだろうと、楽しみに待つようになったのはいつごろからか。

前橋市制施行100年を記念して1993年に同賞が設けられたとき、現代詩の最高峰の賞を地元として誇らしく思う一方で、このまちに何をもたらすのか必ずしも明確ではなく、距離を感じた覚えがある。

しかし回を重ねるにつれて少しずつ懸念は消え、「詩のまち前橋」にとって欠かせない存在となってきた。大きな理由は、歴代受賞者らが賞をきっかけに前橋とつながりをもち、市民と交流するなどそれぞれの方法で刺激を与えていることだ。賞の設立と同時期に開館した前橋文学館の活動と重なり、近年、朔太郎の顕彰に関わる仕掛けも相次いで立ち上げられてきた。11月1日は朔太郎生誕130年の節目。その文学遺産の継承を巡りさまざまな動きが始まっている。

その一つである文学館収蔵庫の増築計画は歓迎したい。しかし、関連する施設の性急な移転などは、長い時間をかけて培われてきたかけがえのない宝を台無しにする恐れもある。まちの将来を見据えた慎重な議論が必要だ。

（2016年10月25日）

2016年は萩原朔太郎生誕130年に合わせ、民間団体による多彩な取り組みが繰り広げられた。前橋の文化団体「芽部」は「前橋ポエトリー・フェスティバル2016」として朗読イベントなど26事業を行い、詩のまちをアピールした。

それぞれの朔太郎観

「萩原朔太郎は詩の怖さと深さを教えてくれた詩人で、詩の書き始めから今日まで何度も立ち返り読んできた」

先週、詩集『接吻』で第26回萩原朔太郎賞（前橋市など主催）に決まった詩人の中本道代さん（東京都）がこんなコメントを寄せた。

同賞の発表を毎年、心待ちにしている。選ばれた詩集とともに最も注目するのは、受賞者が朔太郎に対してどんな印象を抱いているのかということだ。

1993年の第1回受賞者、谷川俊太郎さんは「もし朔太郎がこの詩集を読んだら、どう言ってくれるだろうと想像する。たぶん、こてんこてんに言われるような気がする」とユーモアを交えて語っていた。

以来、歴代受賞者が、独自の視点で朔太郎作品のとらえ方を披露してきた。これまで触れられなかった詩的世界を知ることも多く、そのたびに強い刺激を受けた。

前橋文学館の萩原朔美館長が全国の文学館などで一斉に朔太郎に関する企画展「朔太郎大全」(仮称)を、没後80年(2022年)に合わせ開く計画を進めている。人的交流とともに、詩、音楽、写真など幅広い芸術活動に取り組んだ朔太郎像を浮かび上がらせる仕掛けだ。

呼び掛けに、多くの文学館が参加を表明しているという。前例のない思い切った試みだ。朔太郎が構築した世界の大きさを、思いもかけない角度から再認識できるのではないか。

(2018年9月11日)

朔太郎賞選考委員の一人、三浦雅士さんは選評の冒頭で「奇跡的な詩集である」とし、こう指摘した〈『月に吠える』の主題が(吉岡実の)『生物』に引き継がれ、さらに『接吻』へと展開してゆくことが見えてくる〉(『新潮』2018年11月号)。

記念詩碑のメッセージ

前橋の広瀬川畔を久しぶりにゆっくり歩いた。前橋文学館前の朔太郎橋から、「広瀬川詩の道」を少し行くと、交水堰の近くに目当ての詩碑があった。

10月に86歳で亡くなった詩人、フランス文学者の入沢康夫さんが２００２年、第10回萩原朔太郎賞を受賞したときに建てられた記念詩碑である。受賞詩集『遐《とほ》い宴楽《うたげ》』の表題作のこんな一節が刻まれている。

〈時間さへ擦り切れてかすんでしまふほどの／遥かな彼方に／緑金の葉をつけた森があつて／そのほぼ中央のひときは大きな槐《えんじゆ》の木の下の／ぼくたちの「酒ほがひ」〉。

戦後日本の現代詩をリードし、宮沢賢治研究の第一人者として知られた。筆者にとっては、代表作『わが出雲・わが鎮魂』（１９６８年刊）は、すごみを感じつつも受け止めきれない複雑な仕掛けに圧倒された詩集であり、近寄りがたい詩人と思い込んでいた。

ところが、旅と別れをテーマとするこの受賞詩集に接して、入り込みやすいとは言えないまでも、心を震わす言葉の力を感じとることができ、印象がすっかり変わった。

「私にとって詩とは、日本語を通して永遠と切り結ぶことができる唯一のフィールド」。受賞後のインタビューで入沢さんは語った。記念詩碑から今もそのメッセージが伝わってくる。詩のまち前橋のおもむきは　そうした刺激で磨かれる。

（2018年12月16日）

朔太郎賞の開始以来、受賞記念詩碑が前橋文学館近くの広瀬川畔に建立されてきたが、設置可能スペースが減ってきたため、第12回から、銘板を朔太郎賞制定記念詩碑に取り付け、年度ごとに付け替え、取り外した後は文学館内に展示している。

詩的土壌を肥沃に

現代詩の優れた成果に贈られる萩原朔太郎賞（前橋市など主催）の受賞者が朔太郎の詩をどう語るのか、毎年楽しみにしている。

19回目となった今年の受賞者、福間健二さん（62）＝東京都国立市＝は先週、前橋文学館であった授賞式でこう述べた。「高校時代、初めて触れた詩が朔太郎の作品だった。詩というのはどういうものかという、原型的なイメージを与えてくれた」と。

受賞した『青い家』（思潮社）は、98編、５００ページという、詩集としては異例のボリュームである。その一編にこんな言葉がある。〈朔太郎の音楽を聴き／少年のように昂ぶって／前橋を歩いたあなたの「いま起こりつつあること」を抱きしめる〉（「朔太郎の言葉」）。

同賞は朔太郎の詩業を永く顕彰することを目的に、市制施行100年を記念してつくられた。期待が大きいからだろうか、朔太郎が受賞作を読んだとしたらどんな感想を抱くだろうか、と想像してしまう。

福間さんは記念講演で「想像力が、生きる情熱と重ならなければだめだと思う。論理的な袋小路を詩で救えないか。現実では負けても、生きていく力になるものを詩にできないか」と語った。

詩の力を信じる福間さんの言葉に、近代詩史に大きな足跡を残した詩人は黙ってうなずくのではないか。前橋の詩的土壌をさらに肥沃にしてくれる可能性を感じる。

（2011年11月3日）

朔太郎賞の受賞者で詩以外の分野でも活躍する人がいる。町田康さんは歌手、俳優として多くの仕事を残し、福間健二さんは映画監督、映画評論家、翻訳家でもある。鈴木志郎康さんは映像作家、映画評論家、三角みづ紀さんは映像、音楽に関わる。

熟成し続ける言葉

「烏有《うゆう》」という言葉が強く印象に残った。1998年に第6回萩原朔太郎賞を受けた財部《たからべ》鳥子さん（東京都）の詩集『烏有の人』を発表直後に読んだときだった。

「烏有」は漢語の「烏《いずく》んぞ有らんや」が元で、何物もないことを意味する。財部さんは1933（昭和8）年、生後2カ月で両親とともに旧満州（中国東北部）に移住し、終戦後の収容所生活の中で父と幼い妹を亡くした。

異郷での過酷な体験が原点になり、長い時間をかけ、辛い記憶に向き合う詩を作り続けた。そして引き揚げから50年余り後に上梓したのが朔太郎賞受賞作だった。

「烏有の人」とは厳冬に亡くなった肉親たちのこと。詩には敬愛する詩人や架空の人物らも現れる。選考委員の那珂太郎さんは「満州での体験を自分の内部で発酵させ、優れた作品として結晶させた」と称えた。
14日に財部さんが亡くなったと聞き、とっさに浮かんだのが烏有という語だった。〈曇りぞらの光のように／どこにでもいるよと／心平さんが／明るい声でいうようである〉。心平さんは、この詩が書かれる10年前に亡くなった詩人、草野心平さんだ。
久しぶりに読み返した作品の、現世にはいない人たちと対話するような穏やかな表現から、失われたことの痛みが以前にもまして強く伝わってきた。読む者のなかでも熟成し続ける詩の言葉の力を思う。

（2020年5月31日）

財部鳥子さんは朔太郎賞受賞記念講演で、朔太郎の「地面の底の病気の顔」について「父を埋葬した満州の風景とそっくりなので、気味悪くなり本を投げ出してしまった。なぜ、自分の見た光景を朔太郎が知っていたのか、今もってなぞ」と述べた。

前橋文学館の開館記念展

前橋文学館をのぞいた。開館して2日目の休日とあって入館者が後を絶たない。その関心の高さに「詩のまち前橋」を改めて実感した。

広瀬川が柳並木の緑に包まれて、急な流れを見せる。そのほとりに建つ4階建ての瀟洒な文学館。県都前橋の中心街に設けられた施設は、文学愛好家だけでなく市民の誇りの場になるだろう。

北側からは新たに架けた「朔太郎橋」を渡って入館する。入り口左手には下駄履きで足を組む着物姿の朔太郎像があり、遠い大正・昭和初期の時代へと誘う。内部の造りも心砕いた跡が随所に見られる。ガラスを多く取り入れ、音、光、映像によるハイテク機器を駆使した展示法は新鮮だ。

ガラスの枠の中に収められた一冊の古びた詩集が、スポットライトを浴びている。特別企画展「萩原朔太郎・室生犀星交流展」は開館記念にふさわしい充実した内容だ。

「妙に肩を怒らした眼のこわい男が現れた時、私にはどうしてもそれが小曲詩人の室生犀星とは思えなかった」と朔太郎。犀星は「萩原はトルコ帽をかむり、半コートを着用に及びタバコを口に咥えていた。何て気障な虫酸の走る男だろうと私は身ブルイを感じた」と互いの第一印象を語る。

この二人の宿命的な出会いがよく分かる展示である。郷土に晴れやかな場がつくられたことに、泉下の朔太郎はきっと照れて微苦笑しているに違いない。

（1993年9月7日）

室生犀星が初めて萩原朔太郎のいる前橋を訪れたのは1914（大正3）年2月14日で、犀星24歳、朔太郎27歳の時。出会った前橋駅舎は、その13年後に建築される洋風木造建築の近代的な駅舎（1986年まで使用）以前の古びた建物だった。

心のオアシスに

真っ白い紙に染み込む鮮烈な色彩―。幼少のころ接した、ふるさとの原風景は深く心の中で生き続け、人生をも左右する。こんな思いを痛感させる2つの企画展が前橋文学館で開かれている。

一つは前橋市出身の画家、小説家の司修展。油彩、版画、装丁作品や小説、エッセー、書簡、写真などが一堂に。虚飾をぬぐい去り生きる根源に迫る作品の数々。その感性を育んだ秘密を資料は示す。

それは幼少年期に過ごした〝ふるさと前橋〟の人と風光である。上毛三山を眺め広瀬河畔で遊んだ日々、町の匂い、空襲体験…。やがて萩原朔太郎の詩に励まされる。展覧会に寄せ、作家・水上勉さんが一文を贈った。「山が（彼に）道を教えた」と。

もう一つは生誕百年記念の作曲家、井上武士展。唱歌「うみ」をはじめ作品集、校歌や自筆資料、遺品のオルガン、また晩年に文通した小学校時代の友との手紙類も目をひく。彼も生涯、自分を育てた赤城山麓を愛し続け、作品に反映させた人である。

9月3日で開館1周年を迎える前橋文学館。朔太郎を中心とする地元作家の常設展示に併せ企画展も「朔太郎・犀星交流展」を皮切りに6つを数えた。またホール、ギャラリーでも多彩な催しで芸術文化へと誘う。県内外からの入館者も4万人に迫るが、この中で意義深いのは多感な時を生きる前橋市内小、中学校の全校生の文学館訪問。

彼らは在学中に授業の一環として2回はここを訪れ、先生の解説を受けながら、ふるさとを学ぶ。「なによりもうれしいのは、心のオアシスとなる館ができたこと」と加藤鶴男館長。ふるさとの原風景を心に刻んで生きた先人らの〝詩と真実〟。それを知ることは郷土愛の始まりともなる。

（1994年8月31日）

前橋文学館は開館1周年の1994年、「朔太郎と私」をテーマに原稿を全国募集。集まった570編から200編を選考委員会（委員長・伊藤信吉さん）が選び、司修さんの装丁により『朔太郎と私　現代人に息づく詩人像』と題し出版した。

全国文学館が共同展示

東日本大震災から2年後の２０１３年春、全国各地の文学館41館が「文学と天災地変」を共通テーマにした展覧会を同時開催した。

全国文学館協議会が加盟館に呼び掛け実現した初の取り組みだ。その一環で開かれた県立土屋文明記念文学館の「語り継ぐいのち」に感銘を受けたのを覚えている。浅間山大噴火、関東大震災、東日本大震災などを素材にした群馬ゆかりの文学者たちの作品、関連資料の展示に、文学の力、役割の大きさを改めて実感させられた。

同時開催は翌年から「３・11 文学館からのメッセージ」とのタイトルを加え、毎年、本県の各文学館をはじめ30館前後が参加し、工夫を凝らした展示を行っている。文学館の在り方を問い直そうという意欲が伝わってくる試みである。

前橋文学館が萩原朔太郎の没後80年（２０２２年）に開く企画展「朔太郎大全」も、従来の発想を転換させる内容だ。全国の文学館、美術館などで一斉に朔太郎に関する特色ある展示を行う前例のない仕掛けだが、反響は大きく、すでに25館が参加を表明し、さらに増える見込みだという。

朔太郎の孫の萩原朔美館長は、３年前に就任して以来、斬新な展示を次々と打ち出してきた。その集大成とも言える企画である。思いもよらない形で文学のもつ力を示してくれるのではないか。そんな期待が膨らむ。

（２０１９年８月１日）

２０１３年から始まった全国文学館協議会の「文学と天災地変」について、中村稔会長は趣意文で〈東日本大震災被災者の方々に対する私たちの心情をお伝えし、さらに私たちの文明を考える機会とし、未来を創造する契機とする〉と説明した。

文学のもつ役割伝える

できるなら、ずっと続けてほしい。2013年3月、全国文学館協議会に加盟する各地の文学館が「天災地変と文学」をテーマにした共同展示を開いたとき、そう願った記憶がある。

その2年前に起きた東日本大震災の犠牲者への鎮魂と被災者への慰謝を目的に始められた取り組みは途切れることなく、今年は32館が企画した。

大地震、噴火、台風などを扱った作品や文学者…。企画名から各館の強い意欲が伝わってきた。ところが新型肺炎の感染拡大で多くの文学館が休館となり、中断または延期を余儀なくされている。

対策は不可欠だが、社会が混乱し戸惑いが広がるこの事態にこそ、災害の過酷な姿を伝えた文学の役割の大きさを一層実感できるのではと期待したのに、残念だ。

萩原朔太郎賞受賞者、和合亮一さん（福島市）の詩業を紹介する前橋文学館の展示も休館で見られなくなった。大震災直後から福島の実態や思いを詩として発表し続け、表現を深化させるなか、受賞詩集『ＱＱＱ』に至った。Ｑとは「答えのない絶対的な質問をし続ける」ことを意味するという。

〈人間の底が見えないような不安感がにじみ出る迫力ある表現〉。選考委員の一人がそう評した、１０２の疑問符がある表題作を再読した。問われているのは、人類の未来を危うくする私たちの生き方なのだと気づく。

（２０２０年3月8日）

コロナ禍による前橋文学館の休館で中断となった和合亮一展は、２０２０年6月に再開し、7月まで開かれた。朗読イベントは中止となったが、萩原朔美館長らが文学館を会場に和合さんの詩12篇を無観客で朗読し、映像を動画サイトで公開した。

子供の詩心を掘り起こす

「こころは／水のようです。やさしくするとあたたまってきます」。「目をつぶると暗やみの中に／ぽっと、ひかるものがあります／これが、やさしい心かも知れません」。―昨年秋、前橋市で講演した児童詩研究家の宮沢文子さんは、こんな小学生の詩を例に感性や、やさしさを育てる詩の働きについて語った。

子供が抱く心の内を率直に伝えた作品展に接した。前橋文学館で開かれた前橋西ライオンズクラブ主催の「前橋市児童生徒詩のコンクール作品展」。会場には市内の小中学全校から募った１１０９編の作品のうち特別賞の21編が並んだ。

家族、友人との交流、自然との触れ合いをはじめ、受験戦争の現実やザイールの難民への思い…展示作品や入賞作56編を集めた詩集の中には、子供の夢やあこがれ、悩みなど〝心の情景〟がぎっしりと詰め込まれている。

「詩のまちのために民間ベースで何ができるか」。同ライオンズクラブの社会貢献活動は「次代を担う子供たちに詩心を」とコンクール実施を選択した。全校への働きかけにより、箱田中のように360編もの作品を寄せた学校もあった。

詩づくりは心に浮かぶ一行を書き留めるところから出発する。「良い点数をとり進学コースに乗る。それが重視される世の中。だからこそ人間の心に通うものに気がつける立場にいる者が、子供の気持ちを拾い上げて育て、ふくらませていく努力を」と宮沢さんは訴える。

前橋文学館の開館、萩原朔太郎賞創設、そして来年には各国の詩人が集う「世界詩人会議」が開かれる前橋市。「名実ともに〝詩のまち〟になるために何が必要か」。子供の詩心を掘り起こす今回のコンクールは、それを考える一つのヒントを提供する。

（1995年1月21日）

宮沢文子さんは講演でさらに、「まわりの大人たちが子供と一緒に詩を読んだり書いたりすることができれば」「子供のちょっとした感動の表現を、一言でも書き留めて話し合う。それが詩の母体となり、豊かな心を育むのではないか」と提言した。

まちなかを賑わす青い猫

〈見れば町の街路に充満して、猫の大集団がうようよと歩いているのだ。猫、猫、猫、猫、猫、猫、猫。どこを見ても猫ばかりだ〉。前橋出身の詩人萩原朔太郎は短編小説も幾つか残している。

その一つ『猫町』は幻覚的な作品である。見慣れた普通の町が、ふとした拍子に人間の姿をした猫だらけの町に。〈家々の窓口からは、髭の生えた猫の顔が、額縁の中の絵のようにして、大きく浮き出して現れていた〉。

70年前の作品だが、今でも不思議な異次元の世界へと誘ってくれる。さまざまな生き物が登場する朔太郎の詩の世界で、主役の座を占めるのは猫。中でも青い猫が今、前橋のまちなかを賑わしている。

その数、約6千匹。といっても猫の絵である。朔太郎の第2詩集『青猫』にちなみ、前橋文学館が市内の小学校と養護学校の子供たちから募集した。みんな青いだけに展示されると壮観だ。

第7詩集『定本青猫』の表紙には猫の顔が。「『ふふふ、その猫の絵は自分で描いちゃったんだ』。そう、萩原さんはさもおかしそうに笑っていわれた」と作家、堀辰雄が書いている。

公募した作品は同館や街中のほか、上毛電鉄の車両内にも飾られている。郷土が生んだ詩人を知るきっかけとなった子供たちの絵を見て、泉下の朔太郎も「ふふふ」とほほ笑んでいるかもしれない。

(2005年10月6日)

「青猫」の絵募集は、前橋市出身の画家、小説家の司修さんの発案。選考結果発表で司さんはこう述べた。「朔太郎やその詩について知らない子供たちだが、詩の内容世界に結び付くものばかり。後になって朔太郎を知る経験として生きてくる」。

ジュニア詩壇の広がり

「たいようがおふろにはいってはつひので」。太陽が海という風呂に入り、初日の出を迎えるという、何とも雄大で爽快な句。本紙の上毛ジュニア俳壇で鈴木日高君（前橋）が披露した元気いっぱいの作品だ。

ジュニア俳壇は園児から20歳までを対象に1月末に開設された。年齢別に「ふた葉」「若葉」「青葉」の3部に分かれ、これまで2千句を超す応募があった。中には兄弟3人の連名や、学級全員で参加する学校もあり、着実な広がりをみせている。

選者は中央俳壇で活躍する実力派の林桂氏と鈴木伸一氏。ともに前橋在住。林氏は「作る人間としての自信を持つのがいいと思います」とアドバイス、小学低学年の子供に鈴木氏は「なによりもまず経験に裏付けられた言葉での表現を重視したい」と温かく見守る。

星たちにかこまれさわぐだるま市（渋川・星野愛美）、大空をぼく渡りたいにじの橋（群馬・伊藤ひろき）、寒い日はなわとびのなわ手をかんで（渋川・南雲恵美）、春が来るおきておきてよいいかおり（前橋・近藤ゆかり）—どれも子供たちの歓声や息吹が伝わってくる。

活字離れが指摘されて久しい。俳句も海外にファンが広がる半面、国内では若者の参加は少ないといわれる。こうした状況のなかで、ジュニア俳壇には、登下校時や家庭での出来事を五七五の17文字に託し、純粋な目で描写した力作が年間1万句も集まる。

なかには毎週応募し、句集のできるほど多彩な作品を送ってくる児童も現れた。子供らしい生き生き、伸び伸びとした句が光輝くよう、上毛新聞本社で、選者と子供たちの交流句会が開かれる。

（1997年4月1日）

上毛ジュニア俳壇は1997年、上毛新聞創刊110年に合わせ始まった。俳句を通じ想像力や表現力を育むのが目的。2010年からは上毛新聞1面に「朝の一句」コーナーがスタート。ジュニア俳壇の応募作品から毎日1句を選び、紹介している。

若い芽のポエム

子を捨てる親、親をあやめる子、虐待される子…。子供たちをめぐる悲惨な事件を伝えるニュースに、思わず耳をふさぎたくなる昨今。まさに異常事態だ。

子供たちの心の叫びが結実した作品が、毎年数多く寄せられる詩のコンクールがある。前橋市が主催する「若い芽のポエム」。8回目となる本年度は、全国の小中高生から7500編を超える応募があった。

詩人、萩原朔太郎の若き日のペンネームを冠した美棹賞（金賞）は各部門1点。なかでも審査員から「抜群の出来栄え」と評された小学3年生（男子）の『夏のてぶくろ』に感動した。

駐車場の水たまりに取り残され、忘れられた片方だけの手袋にスポットを当てた。

時が流れ、季節が変わっても、残り続ける手袋に向ける少年の視線は優しく、思いは熱い。

〈やなのがまんしてべんきょうしても／あんなもんだいとけやしない／なによりぼくはいつになっても／クラスのナンバーワンになれない／うなだれた／めのまえに／くしゃくしゃの片っぽだけのてぶくろ〉。詩の終盤の一節だ。

本音と現実が手袋に集約している。作品は〈冬がきて／はるになるたび／片っぽだけのてぶくろがのこる／おとなになってゆく〉と結ばれる。子供の心が分からないと大人は言うが、心のサインは随所に現れている。

（２００４年９月19日）

若い芽のポエムは世界詩人会議日本大会が前橋市で開かれたのを記念し、若い世代に詩をつくることの楽しさを知ってもらうことを目的に前橋市が１９９７年に創設した詩のコンクール。第１回は25都県から４０００篇の応募があった。

若い芽と語りの詩人

「ぬくもり　かがやき　ことばとの出会い」をテーマに、全国の小中学生と高校生から日本語の自由詩を募るコンクール「若い芽のポエム」が今年、12回目を迎えた。萩原朔太郎ら多くの詩人を生んだ前橋市が「詩のまち」づくりを目指し、世界詩人会議の開催を機に詩の心を次代へ、未来へつなげようと１９９７年から取り組んでいる事業だ。

最高賞の「美棹賞」の美棹は朔太郎の若いころのペンネーム。年々応募数が増え、昨年は25都道府県から１万９千篇余り。初めて海外オーストラリアの日本人学校から届いた。今年も言葉に凝縮された心の叫びを感じたい。

「これが詩と認められたことがうれしい」。昨年、生きることの辛苦を語り口調で綴った長編詩「とげ抜き　新巣鴨地蔵縁起」（講談社）が萩原朔太郎賞を受けた時の伊藤比呂美さんの感想だ。

20代で本格的に詩を書き始め、「女性詩」ブームをけん引。その後、10年以上現代詩から離れ、復帰後に挑んだ詩の一つが「とげ抜き―」。詩か小説か、選考で議論された新しい試みのコンセプトは現代の説経節だという。

伊藤さんの詩や業績を伝える展覧会が前橋文学館で始まる。来月には伊藤さんが小中学生に「詩のおもしろさ」を伝えるワークショップを開く。語りの詩人の言葉が若い芽のみずみずしく鋭い感性にどう響くか。

（２００８年7月13日）

若い芽のポエムは２０１６年、20回を区切りに終了した。この間に寄せられた詩は28万２８００篇。詩を書いたことが大きな経験となったという応募者も多く、前橋市出身の小説家、阿部智里さんは、中学時代にコンクールで美棹賞を受賞している。

残された朔太郎生家の運命

前橋市千代田町（旧北曲輪町）にあった詩人、萩原朔太郎（1886～1942年）の生家が一部を除き取り壊されたのは1969（昭和44）年のことだ。残された建物はそれから場所を転々とする。

離れ座敷と庭園の一部は同年、市によって臨江閣に、土蔵は5年後の1974年、敷島公園に移築保存された。朔太郎が『月に吠える』の詩を書き、マンドリンを演奏した書斎はすでに1961年、桃井小校庭に移されていた。

この書斎が同公園に動かされたのは1978年。さらに翌年には、離れ座敷も書斎と同じ場所に再度移され、そろった3棟が萩原朔太郎記念館として1980年から一般公開されてきた。

前橋では、製糸業で栄えた「生糸のまち」の歴史を伝える煉瓦倉庫が近年、次々と解体されてきた。それを考えれば、もとの場所とは異なるとはいえ、研究者らの努力によって書斎などが保存されたことの意義の大きさを実感する。

この朔太郎記念館を、中心街の広瀬川沿いにある前橋文学館近くに移築することを市が検討している。文学館は朔太郎関係資料を多く収蔵しており、両施設を隣接させることで相乗効果が期待できるという。建物はまたも動かされるのか。かけがえのない宝である朔太郎の文学遺産をどう継承、発信していくのか。文学館の運営、まちなかの整備の在り方を含め、広い視野で検討したうえで答えを出してほしい。

（2014年9月15日）

書斎は味噌蔵として使われていた生家の裏庭の建物を改造したもの。1914年1月に完成した。室内を西洋風に統一、自らデザインした机や椅子を置き、詩を書き、マンドリンを演奏。詩集『月に吠える』『青猫』などの作品はここで生まれた。

松林の中の「帰郷」詩碑

〈前橋市の敷島公園にある松林をよく歩く〉と昨年秋、本欄に書いた。いちばん伝えたかったのは、室生犀星がこの松林を題材に詩を書いた１００年前とほとんど変わらない風景のなかを、今も散策できる喜びだった。

出版されたばかりの北村薫さんの連作小説集『太宰治の辞書』（新潮社）に、敷島公園の風景が描かれていて、新鮮な驚きを感じた。主人公の《私》が探していた辞書が前橋にあることがわかって東京から訪れ、市内をめぐる場面だ。

〈最初にいきたいのは、敷島公園〉。理由は、中学時代から読んでいた萩原朔太郎詩集の表紙に、松林の中に立つ「帰郷」詩碑の写真があって、この場所を見たいと思ったからだ。

詩碑の隣にある、朔太郎の書斎、離れ座敷などが移築された「萩原朔太郎記念館」の印象をこう書いている。〈時を越え、金持ちの萩原家に忍び込み、覗いているような気になる。青年朔太郎はこちらに気が付き、さみしげに微笑んでくれるだろうか〉。主人公が焼きまんじゅうを食べたり、県立図書館、広瀬川などを訪ねる描写は、ふだん見慣れている風景の豊かさに気付かせてくれる。

敷島公園と周辺で、「静かな場所」をテーマにした「敷島。本の森」が開かれる。本の青空市や一帯を図書館のように使う催しもある。忘れていた公園の魅力を再発見できるのではないか。

（2015年5月16日）

敷島公園には2700本もの松が茂っており、平地の松林としては全国有数の規模。1922年に官有地の払い下げを受け、公園として整備された。設計者は日比谷公園など多くの公園を手掛けた林学博士、本多静六で、名称は一般公募で決まった。

記念館にふさわしい環境を

前橋・敷島公園で先日あった野外書店や詩の朗読を楽しむイベント「敷島。本の森」。松林のなか、ゆったりした時間を過ごし、あらためてこの公園の魅力を実感した。

県立球場などに加え、ばら園、蚕糸記念館、ボート池など多彩な施設がそろうなか、ことに懐の深さを感じさせるのは、詩人、萩原朔太郎の記念館だ。

半世紀前、生家が解体されたが、土蔵、書斎、離れ座敷は残され、曲折を経て移築された。近くに「帰郷」詩碑があり、土蔵には自筆ノートや原稿などが展示され、静かに偉大な詩業に触れることができる。

そんな建物が中心街にある前橋文学館近くの広場に移築されるという。夏にも工事が始まる予定地に感じるのは、開放感があったこれまでと比べ、あまりにも狭いということだ。これで、ゆとりを感じさせる施設が可能なのかと心配になる。

市によれば、来館者が少なく十分に活用されているとは言えない現状に対し、移築で朔太郎関連施設をまちなかに集中させることにより、詩のまちのイメージを強く打ち出すのが狙いだ。

うなずける部分もある。しかし、かけがえのない文学遺産をめぐる重い選択である。課題が多い文学館はもちろん、長期的な視点でまちなか整備をどう進めるのか、明確にする必要がある。記念館にふさわしい環境づくりに全力で取り組んでほしい。

（２０１６年５月23日）

萩原朔太郎記念館は２０１７年４月、敷島公園から広瀬川河畔に移築、一般公開された。「前橋ポエトリー・フェスティバル」など朗読イベントの会場として使われている。前橋の宝であり、市民が主体となって有効活用する必要がある。

第2章

詩的にぎわい

表現者たちを鼓舞

上山春秋

「なんだかれんが倉庫の子供みたいだね」。13年前、前橋市出身の詩人、伊藤信吉さん（故人）が同市若宮町にあった小さなれんが造りの倉庫を訪れた時、いとおしそうに話したのを覚えている▼大正初めに造られ、生糸保存庫として使われてきた建物は、その7年後、老朽化のため取り壊された▼〈たかが古倉庫一棟。それ

1914年 2 月	室生犀星が 1 カ月間、前橋に滞在
1928年 8 月	草野心平が前橋を訪れ、約 2 年間住む
1967年 1 月	高橋元吉賞が設けられる
1988年 3 月	旧粕川村の真下章が第38回Ｈ氏賞受賞
1993年 9 月	「萩原朔太郎記念・水と緑と詩のまち前橋文学館」が開館
1996年 8 月	「第16回世界詩人会議日本大会」が前橋で開催される
1997年10月	世界詩人会議開催を記念し、前橋市が小、中、高校生の詩のコンクール「詩のまち前橋・若い芽のポエム」を創設

の物た〉別のれんが倉庫が失われた時、伊藤さんはこう書いた。〈市内の煉瓦倉庫を一つでも保存できぬものか〉▼古いれんが蔵を生かした夏祭りが同市三河町で開かれると聞き、会場に足を運んだ。旧大竹酒造店れんが蔵前の広場はテントが並び、地元の人たちでにぎわっていた▼１９２３(大正12)年に建築された造り酒屋の醸造蔵。出入り口の弓形アーチのデザインに目を引かれた。規模は大きく風格がある。市民団体などの保存・活用の要望を受け市土地開発公社が取得しており、祭りは活用のためのイベント第一弾という。地元自治会役員が

新聞記事でたどる「詩のまち前橋」ものがたり

文化

"詩のふるさと前橋"に足跡

「風来の二詩人・室生犀星・草野心平」

来月4日から 県立土屋文明記念文学館

犀星 朔太郎に影響

心平 若い詩人と交流

上州の魅力歌い上げる

前橋訪問はともに25歳

波紋大きく詩の発展に寄与

「学校」全刊 初めてそろう

室生犀星の詩「前橋公園」が掲載された上毛新聞 ＝大正3年3月9日付

1997.9.15

第1部 群馬時代 —8—

雲と祈りの詩人

朔太郎が独創性評価

一九〇二（明治三十五）年、女性宣教師、ウオールに伴って赴いたさいはての港町、青森。暮鳥は一年間にわたり教会でウオールを補佐する一方、小さな店の二階を借りて自炊しながら大いに読み、書く日々を送る。

暮鳥はここで大井蒼梧と知り合う。蒼梧は与謝野鉄幹が主宰する新詩社の同人だった。盛岡中学の教師で、在学していた石川啄木らの詩歌グループ「白羊会」の顧問も務めていた。

その新詩社は一九〇〇年に「明星」を創刊、翌〇一年には与謝野晶子の『みだれ髪』が若者たちに熱狂的に迎えられていた。短歌に新しい息吹が吹き込まれた時代。幼い日、預けられた伯父のもとで文芸の薫りをかぎとり、成田見物の折に百五十首を詠んだ暮鳥は、蒼梧と文学を語り、議論することでより深く短歌にのめり込んでいく。

—

一九一七（大正六）年十二月、上毛新聞の一面に四回にわたって「来るべき山村暮鳥兄に」と題した文が掲載された。筆者は同年、第一詩集『月に吠える』で詩壇に躍り出た前橋生まれの萩原朔太郎（一八八六—一九四二年）だ。

青森時代に蒼梧と交流したように、後に伝道師となった暮鳥は地方を転々としながら多くの文人に接近している。二歳下の朔太郎もその一人であり、一四年に室生犀星を交えて「人魚詩社」を興した同志だった。新聞に寄稿したのは、暮鳥の高崎聖公会への転任が内定した際、二つ年長の同郷人の帰郷を歓迎する文章だ。

「何と言っても兄の歩いて居た道は正しかった。それは立派で且つ鮮明で実に堂々としたものであった。兄は驚異の詩人である。（中略）その芸術は私の芸術上に於ける信條とは、あまりに異なしくかけはなれた者であるにもかかはら

生誕120年 山村暮鳥の生涯

朔太郎の「来るべき山村暮鳥兄に」を掲載した1917年の上毛新聞

2004.8.21

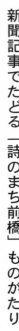

郷土が生んだ大詩人を顕彰

前橋に「伊藤信吉の会」

12月に偲ぶ会、会報も

伊藤信吉さん

一昨年八月に九十五歳で亡くなった詩人、文芸評論家、伊藤信吉さんの人柄を偲び、業績を顕彰する「伊藤信吉の会」（岡田芳保代表世話人）が発足した。十二月に前橋で偲ぶ会を開催するなどして伊藤さんの文学的営みを継承していく。

伊藤さんは一九〇六（明治三十九）年、旧群馬郡元総社村（現前橋市元総社町）生まれ。同郷の詩人、萩原朔太郎に師事し詩作を始めた。戦後は詩の研究、評論に力を注ぎ、「近代詩の系譜」や十数年がかりの大作「萩原朔太郎研究」などをまとめた。八〇年「望郷蛮《ばん》歌・風や天」で芸術選奨文部大臣賞を受けた。九六年、県立土屋文明記念文学館の初代館長に就任。昨年末には詩歌文学館賞を受賞した。

こうした伊藤さんの幅広い活動、研究成果について語り合い、その精神を引き継ごうと、生前の伊藤さんと親交のあった煥乎堂前常務の岡田さん、前橋市出身の画家・小説家の司修さん、詩人の暮尾淳さんら七人が世話人となり、八月に「伊藤信吉の会」を結成した。今後、毎年一回偲ぶ会を開き、会報を発行していく予定。

第一回偲ぶ会は十二月五日午後二時半から同市元総社町のノイエス朝日で開かれ、詩人の安藤元雄さん（第七回萩原朔太郎賞受賞者）による記念講演、伊藤さんの詩の朗読などが行われる。参加費は三千円（記念品、ドリンク代含む）。

また、十一月三十日から十二月七日まで、同所で伊藤さんの最後の詩集「老世紀界隈で」をテー

2004.8.30

きょうから生誕120年企画展

恭次郎の前衛性に迫る

着物や羽織初公開、自筆原稿も

前橋市出身の詩人、萩原恭次郎（1899～1938年）の生誕120年を記念した企画展「何物も無し！進むのみ！」が2日、前橋文学館で始まる。遺族から寄贈された恭次郎の着物や羽織などを初公開するほか、第1詩集「死刑宣告」や自筆原稿など資料約120点を展示し、恭次郎の前衛性に迫る。関係者向けの内覧会が1日、開かれた。

遺族から寄贈、初公開された萩原恭次郎の衣装＝前橋文学館

前橋文学館

叙情的な詩から前衛的な詩、アナキズム思想を深めた詩、農民詩など時代による変化を紹介。ミシンや骸骨、ペンチなど詩集に登場する多くの物も並べ、恭次郎の世界を再現した。

前衛芸術誌「マヴォ」に恭次郎が描いた機械の図を基に、群馬工業高等専門学校の学生たちが立体化させた作品は、ボタンを押すとランプが点灯するなどの仕掛けがある。

初公開の着物や羽織は次男の金井和郎さん(92)＝同市石倉町＝と妻の和子さん(89)が10月に寄贈。大島紬の着物と羽織は、和子さんが24歳で嫁いだ時、恭次郎の妻、ちよから渡され、和郎さんが着られるように丈詰めをした。他にはかまなどは風呂敷に包んで大切に保管していたという。和郎さんは「節目に寄贈できて良かった」と話す。

この日のセレモニーでは、恭次郎の孫の井野千明さんと柳沢尚子さんが恭次郎の詩を朗読した。

記念展は県立土屋文明記念文学館（高崎市）と連携して企画。県立は12月15日まで、前橋文学館は来年1月26日まで開催。問い合わせは同館（☎027・235・8011）へ。

2019.11.2

古い煉瓦蔵を保存して

「なんだか煉瓦倉庫の子供みたいだね」。１９９６（平成８）年、前橋市出身の詩人、伊藤信吉さんが同市若宮町にあった小さな煉瓦造りの倉庫を訪れた時、いとおしそうに話したのを覚えている。

大正初めに造られ、製糸所の生糸保存庫として使われてきた建物は、その７年後、老朽化のため取り壊された。

〈たかが古倉庫一棟。それはそうだけれども、煉瓦の遺構は生糸の町、製糸の町だった遠い前橋をしのばせる唯一の物だ〉。別の煉瓦倉庫が失われた時、伊藤さんはこう書いた。〈市内の煉瓦倉庫を一つでも保存できぬものか〉と。

古い煉瓦蔵を生かした夏祭りが同市三河町で開かれると聞き、会場に足を運んだ。

旧大竹酒造店煉瓦蔵前の広場はテントが並び、地元の人たちでにぎわっていた。

1923（大正12）年に建築された造り酒屋の醸造蔵。出入り口の弓形アーチのデザインに目を引かれた。規模は大きく風格がある。市民団体などの保存・活用の要望を受け市土地開発公社が取得しており、祭りは活用のためのイベント第一弾という。地元自治会役員が「元気がなくなっているまちの活性化に生かしたい」と語った。

歴史を伝える建物が次々と解体され伊藤さんを嘆かせた時には見られなかった動きだ。まちの誇りとして再生されれば、市内にかろうじて残る同様な遺構保存のモデルケースになるのではないか。

（2009年7月17日）

木骨れんが造り2階建ての旧大竹酒造煉瓦蔵は2013年3月に前橋市の所有となり、舞台芸術を中心にした文化施設「大竹レンガ蔵」として活用するため、壁や床を張り替え、耐震補強を実施。アート展示やダンス、演劇公演などが行われている。

郷愁を誘う煉瓦倉庫

煉瓦への熱い思いが伝わってくる対談に引き込まれた。１９９６年11月初め、前橋市出身の詩人、評論家、伊藤信吉さんと画家、小説家の司修さんが前橋に残る明治、大正期の建築物を巡り、語り合ったときのことだ。

とりわけ時間をかけて見たのは、繭の保管庫として使われた煉瓦づくりの旧安田銀行担保倉庫（同市住吉町）。残されていたことに加え、繭のにおいが２人の郷愁を誘ったようだ。「記念館のようなものに使ってみては」「喫茶店、ビアホールなどにして、若い人が気軽に訪ねてくる施設に」などと述べ合った。

「生糸のまち」前橋をしのばせる煉瓦倉庫が次々と失われていくことに何とか歯止めをかけたいという強い思いが、保存、活用の道筋まで言及させたのだろう。

築100年を迎えるこの倉庫で、初めての美術展「明治生まれの群馬の画家展」が開かれている。市内のコレクターが所有する山口薫、横堀角次郎らの作品が、粉をふいたような色調になった古い煉瓦とよく調和している。

前橋空襲で焼失を免れた建物は、繭保管の役割を終えても取り壊されることなく、2004年に国登録有形文化財になり、昨年、「ぐんま絹遺産」に登録された。管理する協同組合商品市場の担当者はこれからも展示を企画したいという。歴史を物語る建物にふさわしい活用が、まちを豊かにする。

（2013年6月24日）

〈赤錆びしレンガ倉庫や春の雨〉。伊藤信吉さんは前橋市制施行100周年を記念した上毛新聞の特集に句を寄せ、こんな言葉を添えた。〈赤レンガ倉庫や赤レンガ煙突を忘れてはならぬ。近代産業の遺跡として、市の手で保存してほしいものだと〉

絹産業と詩的風土

あの人が健在だったら、どんな感想を述べるだろう。「富岡製糸場と絹産業遺産群」の世界文化遺産登録が決まった今、聞きたいのは、群馬の絹文化を深く理解し、大切さを訴えながら、この朗報に接することができなかった人たちの声である。

前橋の養蚕農家に生まれた詩人、伊藤信吉さん（１９０６〜２００２年）の言葉を思い出す。市内の近代化遺産を巡り歩いた時、糸のまちの面影を伝える煉瓦倉庫が次々と失われていることを嘆き、こう語った。

「何もかも残すのは無理としても、歴史を物語るものくらいは残してほしい」と。

忘れられつつあった存在にまばゆい光が当てられた。詩人はこんな歌を口にするのではないか。

〈上州は桑原十里　桑の実を喰《た》うべて　唇《くち》を朱《あけ》に染めばや〉

大正期の「読み人知らず」の歌。上州を描く文章でたびたび紹介した。広大な桑畑は伊藤さんにとってかけがえのない原風景だった。

世界遺産構想の基になる近代化遺産総合調査から深く関わり、絹産業遺産の価値を発信し続けた国立科学博物館の清水慶一さん（１９５０〜２０１１年）の言葉もかみしめたい。

〈近代への取り組みを必死になって行ってきた先人たちの、いわば精神の遺産ともいうべき颯爽たる気概を忘れてしまうのはあまりに惜しい〉。著書で鼓舞してくれた群馬の恩人の気概を忘れまい。

（２０１４年６月22日）

〈上州は桑原十里…〉の歌は、旧制前橋中学の校友会誌「坂東太郎」に掲載され、萩原恭次郎が愛唱していた。若き日、前橋に住んでいた時代にこれを聞いた草野心平が40年余り後、「朔太郎忌」のために前橋を訪れた際、色紙にこの歌を書いた。

冷静であたたかな詩の鑑賞

詩画作家、星野富弘さんの愛読書に、前橋市出身の詩人、伊藤信吉さんの『鑑賞現代詩II』（筑摩書房）がある。

富弘美術館（みどり市）にこの本が展示されているのを見かけ、かつて、詩の表現に親しむきっかけになったことを思い出した。星野さんもまた、そうだったのだろう。

伊藤さんには詩人論、近代詩研究とともに、若い世代に向けた作品鑑賞という仕事がある。膨大な量のその手引きにより、どれだけ多くの人が詩の世界に誘われたことか。

先月出版された『未完の近代を旅した詩人　伊藤信吉論』（沖積舎）の著者、東谷篤さん（東京都練馬区）もその一人だ。30年以上前、国語教諭として詩を教えることになり困っていたとき、手元にあった伊藤さんの『現代詩の鑑賞』（新潮文庫）に励まされた。そして〈冷静、公正で、しかもあたたかな、詩の「鑑賞」の眼差し〉に引かれて、伊藤さんの足跡を追い始めたという。

若き日、プロレタリア文学運動の挫折を経験し詩作を断った伊藤さんは、文学研究に専念した。その成果として、丹念な詩史研究に裏づけられた、詩の享受を促す仕事にもっと光が当たっていい。

〈一言にいえば私は詩が好きである。詩とともに生涯を過ごすように運命づけられている〉（『詩をめぐる旅』覚え書）。そんな姿勢に貫かれた鑑賞に導かれる人は今も絶えない。

（2011年1月24日）

星野富弘さんは、小学校の頃から詩が好きで、高校時代も読みあさったという。〈萩原朔太郎、三好達治、立原道造、それ漢詩を、数篇諳んじていた。それは、今の私にとって、自らの内から出てくる唯一の力となった〉（『愛、深き淵より』）。

物故詩人との対話に徹す

〈生きている人と死んだ人を私は区別しない〉。没後10年になるコラムニストの山本夏彦さんが書いている。

だから〈本を読むということは死んだ人と話をすること〉なのだという（文春文庫『生きている人と死んだ人』）。この言葉で浮かぶのは、あす3日に同じく没後10年を迎える前橋市出身の詩人、文芸評論家の伊藤信吉さん（１９０６〜２００２年）である。

敬愛する物故詩人たちと〝語る〟ことに徹した人だった。４度にわたる萩原朔太郎全集の編集をはじめ、日本の近、現代詩の鑑賞、郷土群馬を題材にした論考など、文学的業績を数え上げればきりがない。

けれども、伊藤さんが積み重ねた調査研究の成果を私たちはどれだけ理解しているだろう。文学遺産を次代へ継承しようという並外れて強い意志はどこから生まれたのか。その仕事の真価がわかってくるのはこれからという気がする。

詩への思いを率直に表現した文章がある。

〈一言にいえば私は詩が好きである。詩とともに生涯を過ごすように運命づけられている（略）私はこれからも詩をめぐってしゃべり、詩人たちと語り合うだろう〉（『詩をめぐる旅』覚え書）。

節目に合わせ伊藤さんの業績を紹介する講演会や企画展が県内で予定されている。伊藤さんと対話する時間をもち、その精神を引き継ぐ機会にしたい。

（2012年8月2日）

『現代詩の鑑賞』（新潮文庫）は、明治、大正、昭和にかけての21人の詩人の作品250篇が解説されている。上は1952（昭和27）年6月、下は1954年4月に初版が刊行され、以後、50回近くもの増刷を重ね、長く読み継がれている。

詩のふるさとを撮る

一枚の写真に引きつけられた。がらんとした未舗装の道。ランドセルを背負った少女の後ろ姿が小さく写っている。

一昨年8月に亡くなった詩人、評論家の伊藤信吉さんが撮影したその写真は、草野心平の詩「十三という町」の舞台となった青森県・市浦村十三の風景である。

鎌倉、室町時代には北日本一の港町だった同村を訪れた時のことを、伊藤さんはこう書いている。〈今はさびれたその通りを、小学校三年くらいの少女が、手をうしろに組んで、一人で家へ帰ってゆくのを私はみた。可憐だった〉（『詩をめぐる旅』）。

前橋の広瀬川美術館で開催中の〈伊藤信吉写真展―詩のふるさとを撮る〉に、この作品を含む約60点が展示されている。これらの底にあるのは「生の根源への郷愁」と、時代と社会への批判精神だ。

昭和30年代後半から十数年にわたり、伊藤さんは郷土前橋をはじめ全国の詩と詩人ゆかりの地を驚くほど精力的に旅し、4冊の「詩的紀行」にまとめた。写真はその旅で撮影され、多くが著作に収められた。

伊藤さんが旅したのは、高度経済成長のなか、大規模開発が進み、各地の風景が変貌し失われていった時期。その現実に向き合い、また自身の叙情を語った数々の写真作品は、詩的紀行の副産物の域を超え、私たちの心を揺さぶる。（2004年6月19日）

伊藤信吉さんは「詩的紀行」のために自ら撮影した写真を集めた写真集『詩の旅』を1972年に出版し、序でこう書いた。〈写真によって詩的なものをとらえようとしたのである。（略）私はカメラの背後から自分の抒情を語ろうとした〉と。

上州の風

〈ふるさとは／風にふかるる／わらべ唄／今朝の秋／ふるさとに似たる／風ぞ吹く〉

前橋市広瀬川河畔には伊藤信吉さんの「上州望郷」と題する詩碑が建っている。この詩には「幼年の日の空に風は季節の色で吹いていた。そして私はこの土地で育ち、風に羽搏《はばた》く思いを知り、風に抗う歌を知った」と添え書きがある。

前橋市元総社町の養蚕農家に生まれた詩人の耳には、絶えず上州の風の音が鳴っている。「私は死ぬときまで『上州の風の子』なのだ」。自らそう語っている。上州の生んだ、前橋の生んだ〝風の詩人〟である。

萩原朔太郎より20年あとに生まれた伊藤さんは大正13年2月、18歳の時に朔太郎を知り、次いで室生犀星、そして22歳で草野心平を知って、詩の導きに邂逅した。昭和9年、28歳のときから2年半ほど上毛新聞社に勤めている。

「私の生涯にとって記者生活は忘れることのできない大事な体験だった。新聞記者はあらゆる階層の人と接触する。その接触を通じて、私はたくさんの社会的現象を知り、その現象と事実を理解する目を養われた。新聞社勤めは私の人生勉強の場であった」。そう回想している。

数え年90歳を迎えたのを記念する「伊藤信吉文学展」が前橋・煥乎堂で開かれている。展示品は「生家・幼少・青年時・郷土」「プロレタリア詩の道筋」「詩集・詩稿・詩碑」「自著・文学論・詩人論」「作家との交流書簡」などである。

作家の手紙は、朔太郎、犀星、心平、高村光太郎、堀辰雄、三好達治、小林秀雄、高橋元吉、亀井勝一郎、川端康成など大正・昭和文学史の貴重な資料である。これら展示品すべてを伊藤さんは県へ寄贈するという。

（1995年5月13日）

伊藤信吉さんの「上州望郷」詩碑は1975年、前橋青年会議所が創立25周年事業で建立。裏は「旅」と題する次の詩が刻まれた。〈風が草にそよいで消える／波が渚にさわいで消える／私は手を振る／いたるところの旅で別れの手を振る…〉。

重みとユーモアの詩人

〈老世紀界隈の侘び住まいだけど。／既《と》っくに／私は手に入れてる。／二十一世紀の確たる座席を。／闇ルートの手蔓でなく。／正真正銘、／有効期限『平成１４年９月30日』までの座席を〉

前橋市出身の詩人、伊藤信吉さんが昨年11月に出した詩集『老世紀界隈で』の中の「次世紀の座席」の一節だ。終のすみかとなった横浜市内有効の敬老特別乗車証を使いきることなく、伊藤さんは「生涯の義理がある」と詠んだ妻ヨシヱさんの元へ旅立った。95歳だった。

〈貧弱体躯。ひどい偏食。そういう農村の子、都市生活転々の私が、自分で驚くほど永く生き延びました〉とは、昨年秋から刊行が始まった著作集に寄せた言葉だ。同郷の画家・作家、司修さんが伝える「わたしは赤い色をした食べ物が嫌いなんさね。

トマトとかニンジンとか」の言葉には、伊藤さんの人柄がしのばれる。

詩、詩論、鑑賞、評論、紀行、随筆など、70年に及ぶ活動は膨大な作品を残した。特に詩には明治から平成までの4代を生きた人ならではは重みと、ユーモアを含んだ軽さが入り交じり、読む者を引きつけた。

晩年、群馬町の県立土屋文明記念文学館初代館長を務めた。力を注いだのは、本県の近現代文学を集大成する『群馬文学全集』全20巻の刊行だった。

戦前、本紙で文芸欄を担当したこともある伊藤さんは、後輩記者のインタビューに答えて、「全集は責任があるから、20巻出るまで、何とか生きたいと思います」と話していた。本年度は刊行最終年度だった。監修者として完結を見届けられなかったことは心残りだっただろう。


（2002年8月5日）

伊藤信吉さんの第1詩集は26歳の時の『故郷』。以後、詩作を自ら禁じ、第2詩集『上州』が出たのは70歳。以後、『天下末年』『望郷蠻歌・風や天』『上州おたくら　私の方言詩集』『私のイヤリング』を出版し、最後の詩集が『老世紀界隈』だった。

5900日分の年譜

前橋市生まれの詩人、評論家で、群馬県立土屋文明記念文学館初代館長を務めた伊藤信吉さん（1906～2002年）が上毛新聞社に入社したのは1933（昭和8）年秋、27歳のことだった。

1年数カ月の在勤中は、校正係をしながら日曜文芸の編集を担当し、後半は外勤記者として県庁や裁判所、警察などで取材した。〈私の生涯にとって、記者生活は忘れることのできない大事な体験だった〉。1977（昭和52）年11月1日付上毛新聞に寄せた「上毛新聞の思い出」で当時を回想している。

〈それまでの私は書物で学んだ多少の知識はあっても、ほんとうの社会、ほんとうの庶民生活を知らなかった〉〈たくさんの社会的現象を知り、その現象と事実との関係を理解する目を養われた。新聞社勤めは私の人生勉強の場であった〉。

1月に出版された『風の日和―伊藤信吉生涯の足跡』（同館発行）を読むと、その直前にプロレタリア文学運動の離脱という経験をへていることがわかり、回想の言葉のもつ重さが伝わってくる。

同文学館副館長の飯塚薫さん（60）が、伊藤さんの残した膨大な量のメモや書簡、著作、知人らの記憶などをもとにその一生を日付順にまとめることを思い立ち、2年半をかけて完成させた。

1日およそ40字、5900日分に及ぶ異例の年譜は、伊藤さんの思索と行動が立体的に浮かび上がってくる労作だ。


（2009年2月15日）

上毛新聞の記者時代に最初の評論『島崎藤村の文学』の執筆を始めた伊藤信吉さんは1935年6月に上毛新聞を退職し、翌年2月に同書を刊行。以後、都新聞（現東京新聞）宇都宮支局員、同新聞東京本社編集部、報知新聞などに勤務した。

輝きを増す詩的業績

前橋市出身の詩人、伊藤信吉さん（1906〜2002年）は1932（昭和7）年7月、治安維持法違反で検挙され「左足が醤油樽のように膨れ」上がるほどの拷問を受けた。

起訴猶予処分で釈放され、帰郷した翌年、第1詩集『故郷』を出版し、以後詩作を断つ。第2詩集『上州』を出したのは44年後、70歳の時だった。

萩原朔太郎の生誕90年の年でもあった。出版の理由として「一つには、そういう郷土的由縁がある」と書いた（『上州』後記）。

18歳で初めて朔太郎に出会った。20歳上のこの詩人に師事し、膨大な量の作品研究をはじめ4次にわたる朔太郎全集出版ではすべての編集実務を担当した。詩を再び書き始めたのは、第４次筑摩書房版全集の編集作業が進められていた時期に当たる。
「(全集編集で）朔太郎の初期の草稿を読んでいるうちに、鬱勃と詩心がよみがえってきたのではないか」。26日に高崎市の群馬県立土屋文明記念文学館で開かれた「伊藤信吉を偲ぶ会」で、伊藤さんのもと全集編集に当たった詩人、那珂太郎さんは伊藤さんの大きな業績を語り、こう加えた。
「(朔太郎の資料収集、研究という）大変な労力と努力を必要とする仕事をした伊藤さんのおかげで今、朔太郎の作品を読める」と。きょう、生誕１００年となる伊藤さんの仕事は輝きを増している。

（２００６年11月30日）

萩原朔太郎の個人全集は没後からこれまで、小学館、創元社、新潮社、筑摩書房により計４回にわたって刊行されている。伊藤信吉さんはこのすべての編集実務を担当。長きにわたり、未発表作品、草稿、書簡の探索や、年譜のための調査を続けた。

前橋を独自の視点で

金沢出身の詩人、作家の室生犀星（1889〜1962年）が若き日、萩原朔太郎を頼って初めて前橋に滞在したのは、1914（大正3）年2月からおよそ1カ月間。その時の前橋を題材に多くの詩を残した。

「寂しき春」という作品がある。〈したたり止まぬ日のひかり／うつうつまはる水ぐるま／あをぞらに／越後の山も見ゆるぞ／さびしいぞ（後略）〉（『抒情小曲集』所収）。

この「水ぐるま」は何をさしているのか。前橋出身の詩人、伊藤信吉さんは、犀星が泊まっていた旅館兼下宿「一明館」近くの風呂川に架かる「撚糸その他の製糸関係動力の水車」と指摘した。

風呂川は、前橋城築城にあたり、城の防備、防火や城内の生活用水などのためにつくられたという古い歴史をもっている。広瀬川から分水し、臨江閣の北側を通って中心街へとつながっており、かつては流れが急で危険なため、「人とり川」とも呼ばれた。犀星は自伝小説のなかで回想している。〈ひっそりと盗むがように流れている一すじの奔流があった。（略）私はそこに手をひたして暗い底を覗きこんで、こんな不思議な小川もあるものだろうかと思うた〉。

「利根の砂山」「前橋公園」などの詩作品でも独自の視点で前橋の風物をとらえている。市民が今、後世に残すべきものを考えるヒントがそこにある。あす1日は犀星の生誕120年。

（2009年7月31日）

萩原朔太郎は詩「公園の椅子」についての自己解説のなかで〈前橋公園は室生犀星の詩によりて世に知らる。利根川の河原に望みて、堤防に桜を多く植えたり、常には散策する人もなく（略）ところどころに悲しげなるベンチを据えたり〉と書いた。

敷島公園松林を詠む

前橋市の敷島公園にある松林をよく歩く。二千数百本ものクロマツが茂り、平地の松林としては全国でも珍しい規模だという。心配事があるときも、松ぼっくりを拾ったりしているうちに、いつしか穏やかな気持ちになっている。

〈林はいつさいに芽をつけんとし／ひつそりとして光る。（略）林の上に蒼天はきはまりなくかかりたり／うれしきは蒼天なり〉。金沢出身の詩人、小説家の室生犀星に、この松林を題材にした詩「蒼天」がある。

１００年前の１９１４（大正３）年２月、手紙を交わし合っていた萩原朔太郎の住む前橋を訪れ、岩神町にあった旅館「一明館」に３週間滞在した。

無名に近かった24歳の犀星は、３歳年長の朔太郎に誘われ付近の利根川河畔、前橋公園、風呂川などを散策し、「蒼天」を含めて何編かの詩をつくった。その一部は上毛新聞に掲載されている。

〈松林は前橋でもっとも美しい地域〉。朔太郎と犀星に師事した前橋出身の詩人、伊藤信吉は、犀星の作品を〈するどく、純粋な抒情がながれている〉ととらえ、それによって前橋ならではの大切な風物が作品化されたことに注目した（『利根の砂山　上州詩集　室生犀星』）。

朔太郎の誕生日に当たる来月1日には、生涯の友となった2詩人の孫による対談がシネマまえばしである。詩人たちをしのび、松林を歩いてみよう。（２０１４年10月27日）

室生犀星が3週間投宿した「一明館」は、木造2階建てで、明治20～30年ごろに建てられた。若山牧水が宿泊し、草木染の命名者としてのちに知られる山崎斌も住んだことがある。長く使われてきたが、老朽化のため１９８２年に取り壊された。

最上の抒情詩を残す

〈ふるさとは遠きにありて思ふもの／そして悲しくうたふもの…〉。金沢出身の詩人、作家、室生犀星（1889〜1962年）の詩で最も広く知られる「小景異情　その二」の書き出しだ。

これを収めた第2詩集『抒情小曲集』が出版されたのは、今から100年前の1918（大正7）年9月のことである。

覚書に〈上州前橋には三度ゆけり（略）赤城山、公園等、皆予が心に今もなほ生けり〉とあり、若き日、萩原朔太郎を頼って前橋に滞在した時に作った「前橋公園」など5編も入っている。

朔太郎は序言でこう絶賛した。〈そのリズムは、過去に現はれた日本語の抒情詩の、どれにも発見することのできない鋭どさをもつて居る（略）これ以上のすぐれたものを求めることは、今後とも容易にあるまい〉。詩集は詩壇に大きな衝撃を与えたという。

当時の人々はこれを手にしてどう感じたのか。手がかりを得たいと思い、復刻版（日本近代文学館刊）を開いた。これまで身近な前橋の風物などが描かれた作品に注目してしまっていたが、放浪の旅で生まれた哀切極まる詩の数々、そしてデザインの質の高さに改めて驚かされた。

〈私は抒情詩を愛する。わけても自分の踏み来つた郷土や、愛や感傷やを愛する〉（自序）。１世紀を経て、犀星が目指したものは、一層強い光彩を放っている。

（２０１８年８月26日）

室生犀星の詩「野火」に萩原朔太郎が曲付けしたメロディーが譜面化され発表されたのは１９７７年。朔太郎がギターの伴奏で家族と一緒によく歌うのを、妹の星野みねさんが記憶していた。これをもとに安中市の多胡純策さんが採譜した。

白秋の前橋への置き土産

2日に没後70年を迎えた詩人、北原白秋（1885〜1942年）の第2詩集『思ひ出』を読み返した。

引用されることが多い序文「わが生ひたち」の、〈わたしの郷里柳河は水郷である。さうして静かな廃市の一つである〉で始まる掘割の描写に、これまでにも増して心引かれた。

柳河（現在の福岡県柳川市）の秋祭りの前、水路を清掃するために水を抜く「水落ち」が行われた。白秋はその作業をとらえ〈楽しさは街の子供の何にも代へ難い季節の華である〉とつづっている。

白秋が萩原朔太郎の招きに応じて前橋市を訪れたのは同詩集出版から4年後、19

15（大正4）年1月のこと。1週間ほど滞在し、前橋の街を巡った。
そのとき見た風景をうたった「麗空」という詩がある。〈麗らかな、麗らかな、／何とも彼ともいへぬほど麗らかな／実に実に麗らかな。／瑠璃晴天の空の上。（略）真白に光る、その間から／ひとすぢ煙を吐く山もあり〉。見慣れた冬の風景なのに、気持ちが浮き立ってくるのはなぜだろう。
〈風景は、単にそこにあるものではない。詩人の視線によってとらえ直され、あるべき風景となったとき、はじめて輝いてくる〉。評論家の川本三郎さんが新著『白秋望景』（新書館）で『思ひ出』について書いている。前橋にも置き土産のように〈輝く風景〉を残してくれた白秋に感謝したい。

（2012年11月5日）

1915（大正4）年に前橋の萩原家に宿泊した北原白秋は、東照宮や敷島公園近くの「五色館」などを案内された。東照宮を訪れた時の記念写真では、杉の横に白秋と朔太郎が並んで立っている。この杉は「会見の杉」と名づけられ、今もある。

上州詩人の気骨

蛙の詩人として知られる草野心平（１９０３～１９８８年）は、85年の生涯のうち２年２カ月を前橋で過ごし、萩原朔太郎や萩原恭次郎、伊藤信吉ら多くの県内詩人と交流。詩的風土に刺激されて数々の作品を残した。

その前橋時代にスポットをあてた企画展が、群馬県立土屋文明記念文学館で開かれている。やはり前橋ゆかりの詩人、室生犀星とともに「風来の二詩人」として、書簡や原稿、写真パネルなどを通して足跡やエピソードを浮き彫りにした。

心平が前橋を訪れたのは結婚間もない１９２８（昭和３）年9月。車窓に近づいてくる上州の山並みを見たとき、とっさに前橋居住を決めたという。「何か触発されるものがあったのだろう」と、３歳年下の伊藤信吉さんは述懐する。

当時は世界恐慌の真っただ中。二軒長屋に転がり込んだ心平は、就職口が見つからず、その日の食べ物にも困るほど貧乏のどん底に陥った。「ふた月ほどはちゃぶ台もなく、新聞紙が食卓がわりだった」と『わが青春の記』に記している。

だが、決してめげることはなかった。「風邪には風」という一種のバーバリズムを思わせる一編の詩が象徴するように、社会環境に抗い、烈風に向かって突き進む姿勢が、詩人の生き方をうかがわせる。

「草野さんのお陰で、前橋は詩のにおいでいっぱいでした」と語る伊藤さんは、間もなく91歳の誕生日を迎える。同文学館の館長を務める傍ら、詩作にも余念がない。「〝貧乏〟を一つのえじきにするバイタリティーにあふれていた」という心平に負けない上州詩人の気骨が、伊藤さんの中に息づいている。

（1997年10月29日）

ある年の文芸年鑑に草野心平が群馬県人と書かれていた。正しくは福島県人だが、それを見た草野心平は、「群馬県人でもいいさと思った」という。その理由として、上州での生活の深い思い出、前橋の風景への愛着を挙げている（「前橋時代」）。

蛙は自然の賛嘆者

「るるるるるるる…」。数えたら「る」だけが29も並んでいる。草野心平（1903〜88年）の詩集『第百階級』に収められた「春殖」という詩である。蛙の詩人で知られる心平は東京での生活に追い詰められ、1928（昭和3）年9月から2年余り、友人のいる前橋に移り住んだ。上毛新聞社に職を得て、校正係と伝書鳩の飼育係をしたこともある。移って間もなく出版したのがこの詩集で、すべて蛙を題材にした作品。「春殖」は蛙の鳴き声を表している。

わが家の近くの田んぼにも水が入り、夜になると一斉に蛙が鳴き始めた。まさに大合唱。一匹が鳴き始めると、次々にコーラスに参加する。蛙たちにとっては求愛コールなのだが、どう聞こえるかは人によって異なる。「るるる…」は詩人の感性か。

関東地方も梅雨入りし、うっとうしい時季を迎えた。だが、蛙たちにとっては最高の季節なのだろう。庭先などで見られるアマガエル、偉そうな名が付いたトノサマガエル、別名ガマと呼ばれるヒキガエルなど、日本にはいろいろな蛙がいる。

木の枝に卵を産みつけるのはモリアオガエルだ。心平の詩集『第四の蛙』に〈あるもりあおがえるのこと〉とサブタイトルの付いた《エレジー》という詩がある。この詩は、繁殖期を迎えた月夜野町の大峰古沼を思い出させる。

心平の詩は、蛙の言葉を通して語られることが多い。なぜ蛙なのか。『第百階級』の巻頭で「蛙はでつかい自然の讃嘆者」などと述べている。蛙のような下層からの目で、人間や社会を表現してきたのだろう。今年は心平の生誕100年にあたる。

（2003年6月12日）

『第百階級』は草野心平が前橋に移り住んで2カ月後の1928（昭和3）年11月に刊行した。静岡の詩人、杉山市五郎が名刺用の活版印刷機で印刷した。〈定価は一円。殆んど押し売りで、まともに売れたのは三冊くらいだった〉（「私の詩歴」）

詩の上州展

「草野心平記念文学館（福島県いわき市）で『詩の上州展』が開かれているので、見に行きませんか」と、前橋の詩人、石山幸弘さんから誘いの手紙をいただいた。

蛙の詩で知られる心平は、1928（昭和3）年9月から30年11月までの2年余り、前橋に滞在。この間、萩原朔太郎をはじめ萩原恭次郎、高橋元吉、伊藤信吉らと親交を深めた。

残念ながら観覧はかなわないが、同展では、心平の前橋時代に焦点を当て、交流のあった上州の詩人たちとともに紹介しているという。

結婚直後の夫人を伴い訪れた前橋での生活は、困窮を極めた。夫人は東京の身内を頼って無心に奔走した。そんな中で生まれたのが雷さんで、上州の風土を愛した心平が、名物の雷にちなんで命名した。
さいわい上毛新聞社に校正係兼伝書鳩の飼育係として勤務することができ、一息ついたようだ。当時暮らした紅雲町の貸家は今も残っており、戦後、校歌の作詞などで前橋に来た折に昔を懐かしんだという。
間もなく11月。心平が前橋を去った季節である。群馬県立土屋文明記念文学館の学芸員でもある石山さんの言葉を借りれば、「空っ風に向かって力強く生きた詩人」を、外から見つめるいい機会かもしれない。

（2005年10月29日）

1931（昭和6）年に草野心平が出版した謄写版印刷の詩集『明日は元気だ』は、前橋時代の作品が多く収録されている。そのなかの「風邪には風」は、広瀬川、前橋公園、郵便局、煥平堂、連雀町、竪町など場所や地名などが出てくる。

高村光太郎と赤城山

〈水清く山高き赤城のいただき、白樺、林なせる所にすめる少女ありけり。（略）いとうつくしくて、神姤みある身なりけり〉。

詩人、彫刻家、高村光太郎の旅行スケッチ集『赤城画帖』に収録されている「赤城相聞歌」はこんな記述で始まる。短歌46首と短文でつづられた、若い画学生と赤城大沼湖畔の少女との恋物語である。画帖は50年前、光太郎の死後間もなく公開された。

光太郎は１９０４（明治37）年7月から1カ月にわたって赤城山の猪谷旅館に滞在している。当時21歳。相聞歌は若き日の詩人が、赤城の風光や人との交流に触発された作品とみられる。

今年４月に出版された『光太郎と赤城　その若き日の哀歓』（佐藤浩美著、三恵社）

は、光太郎と赤城とのかかわりの深さや、相聞歌のモデルとされる女性を、多くの資料、関係者の聞き取りにより実証的に浮かび上がらせている。

赤城の魅力に引き付けられた文学者や画家は少なくない。志賀直哉の短編小説「焚火」など、この地を舞台とする数々の作品が残されている。

富士見村は猪谷旅館の跡地に名誉村民の猪谷千春さんを顕彰する記念館の建設を計画、ゆかりの芸術家たちの資料も展示する予定だという。埋もれていた文人たちの物語に新しい光を当てる機運がさらに強まってほしい。

（２００６年６月２日）

高村光太郎は１９０４（明治37）年５月、21歳のときに赤城山を訪れ、７月にも再訪、合わせて50日余り滞在。死後公開された『赤城画帖』のもとになるスケッチをした。１９２９（昭和４）年には草野心平ら友人と訪れ、猪谷旅館に４泊した。

「落葉」詩碑の悲哀

〈落葉掻くまで大人びし／いたいけな子に母はなく／父は庄屋へ米搗きに／留守は隣へことづけて／連もなければ只ひとり／裏の林で日を暮らす〉

前橋生まれの民謡詩人、平井晩村の「落葉」を刻んだ詩碑が前橋公園にある。

父の病死と母親の再婚により、祖父母に育てられた。「落葉」の詩に悲哀が色濃く漂うのは、両親の愛情を知らずに過ごした幼少期が影響しているのかもしれない。

東京で新聞記者を務めた後、文筆業に専念。旧制前橋中学（前橋高校）の校歌、民謡「草津節」の原形を作ったことでも知られる。「落葉」を収めた第1詩集『野葡萄』を刊行したのは１００年前の１９１５（大正４）年だった。

17年に妻を病気で亡くし、幼子３人を抱えて故郷に戻る。このころ、晩村の体も結核にむしばまれていた。翌18年、上毛新聞に連載した随想「一日一筆」に子を思う心情をつづっている。

〈せめて―親のない子―と指さされぬだけの強い精神と壮健の身体を授けて置いて遣りたい所存である〉。子どものために命を削って詩や民謡、歴史小説を書いたが19年に力尽きる。35歳だった。

食欲の秋、そしてスポーツの秋である。猛暑から一転して涼しくなったことしは〝秋バテ〟している人が多いという。子どもと家族のためにも体をいたわりたい。

（2015年10月8日）

1918（大正7）年、草津を訪れた平井晩村は、紀行文「湯けむり」に和歌〈草津よいとこ里への土産　袖に湯花の香が残る〉を書き記した。これが湯治客に歌われるうちに現在の「草津節」の「草津よいとこ一度はおいで」の形になったという。

山村暮鳥がうたった大洗

旧群馬町生まれの詩人、山村暮鳥（１８８４〜１９２４年）が福島県から茨城県大洗町に移り住んだのは１９２０（大正９）年１月のことだった。40歳で亡くなるまでの５年間をここで過ごした。

松林を背に大洗海岸が見渡せる静かな土地は、貧困と病気に苦しんできた暮鳥の心を和ませたに違いない。最後の詩集となった『雲』にこんな詩がある。

〈ほのぼのと／どこまで明るい海だらう（略）ちどりはちどりで／まつぴるまを／鬼ごつこなんかしてゐる〉（「ある時」）。

没後まもなく、交流のあった萩原朔太郎、室生犀星らが発起人となって、住居近くに詩碑が建立された。〈雲もまた自分のやうだ／自分のやうに／すつかり途方にくれてゐるのだ（略）〉。碑に刻まれた、おおらかに自然に語りかける詩もまた、大洗で見られた風景をうたったものだろう。

夏は海水浴客でにぎわう「明るい海」は東日本大震災で一変した。最大波4・2㍍の津波により漁船や車が次々と巻き込まれて、多くの家屋が被災した。思いもよらない力で大切なものを破壊し、奪い去ってしまうのも自然なのだと実感する。同町によると、詩碑は被害を免れたという。

被災地では、復旧に向けた作業が進められている。一日も早く暮鳥がうたったのどかな海辺の風景へと戻ることを願い、今できる支援に力を尽くしたい。

（2011年4月4日）

大洗海岸の詩碑「ある時」は1927（昭和2）年に建立。萩原朔太郎が選詩し、小川芋銭が揮毫した。暮鳥の没後初めての詩碑。高村光太郎、前田夕暮や暮鳥の養父土田三秀、冨士夫人、長女の玲子さん、次女の千草さんらが除幕式に参加した。

雲の詩人の生誕130年

〝雲の詩人〟として知られる旧群馬町生まれの山村暮鳥（1884～1924年）。生誕130年を記念した県立土屋文明記念文学館の企画展「山村暮鳥―そして『雲』が生まれた」を見た。

結核を病んでキリスト教伝道師の職を失い、妻子を抱えて生活が困窮する中、自身で編んだ最後の詩集『雲』を軸に構成。壮絶な生涯と詩人としての生きざまを紹介している。

〈おうい、雲よ／千枝子の方へゆくんか。平の方へ〉。展示品にこんな文で結ばれた書簡がある。終焉の地、茨城県磯浜明神町（現大洗町）から、暮鳥を師と慕う斎藤千枝に宛てたものだ。消印は23（大正12）年7月。このころ千枝もまた結核を患い、福島県平町（現いわき市）で闘病生活を送っていた。流れゆく雲の下に会いたい人がいるのに、互いに病身でそれはかなわない。しかも2人には死の影が迫っている。〈おうい雲よ／ゆうゆうと／馬鹿にのんきそうぢやないか／どこまでゆくんだ／ずっと磐城平の方までゆくんか〉。行間に込めた深い思いが伝わる、この作品を含む詩集『雲』が刊行されたのは2人の死の翌年だった。

18日には萩原朔太郎、室生犀星とともに目指した詩の変革をテーマに据えた「山村暮鳥展」も前橋文学館で始まる。節目の年にもう一度、暮鳥という詩人と作品をかみしめたい。

（2014年10月13日）

山村暮鳥の生誕130年に合わせ、出身地である高崎市文化協会群馬支部を中心とした実行委員会がシンポジウムや児童の絵画展などを開催。高崎、前橋、茨城県・大洗などの詩碑15基の14篇に英訳を加えた記念詩集『おうい雲よ』を発行した。

高橋元吉の文化運動

〈一つの潔癖なる魂の告白である〉。萩原朔太郎から第1詩集『遠望』をこう評された前橋の詩人、高橋元吉（1893〜1965年）が29年、新聞に発表した文章で、「仕遂げたい仕事」を次のように表現している。

〈金にならなくても、世に認められなくても、それどころではない、たとえ損をしても、世の嘲罵を浴びても、それでも尚、したい、してしまう、しずにいられないような…〉。

終戦直後からの元吉の足跡をたどる機会があり、この言葉通りの実践に目を見張らされた。前橋空襲で、経営する老舗書店、煥乎堂の社屋は全焼、経営再建という激務に追われることになった。

そんな窮状の中、戦後の群馬の文化運動の中心となり、歴史に刻まれる事業に誠実に取り組んでいる。朔太郎詩碑建設委員会（第1次）の委員長を務め、自宅を会議の場所に提供した。

上毛新聞の「上毛詩壇」選者となり、県の委嘱で「群馬県の歌」を作詞。群馬ペンクラブ会長、群馬詩人クラブ顧問、萩原恭次郎詩碑建設委員長も務めた。53年には、依頼され県立前橋女子高校の校歌を作詞した。

校歌冒頭の〈光をともすものをこそ世は呼べ／光をともすものとわれらならめ〉は「潔癖なる魂」の真情でもあろう。6日に生誕125年を迎える詩人の「仕事」への志と実践は、今を生きる私たちを鼓舞してやまない。

（2018年3月4日）

高橋元吉の長男、高橋徹はこの時期の父についてこう書いている。〈終戦後、破産に瀕していたときも、失望落胆する風は少なくとも外見からはみえなかった。かくありたい店の経営をあきらめる風もなかった〉（「思いつくままに」）

萩原恭次郎生誕100年

前橋の広瀬川や利根川べりを歩くと、たくさんの文学碑に出合う。群馬大橋のたもとには、詩人・萩原恭次郎（1899〜1938年）の晩年の作、「汝は山河と共に生くべし／汝の名は山岳に刻むべし／流水に画くべし」と刻まれた詩碑が、遠く赤城山を望んで立っている。

「汝」とは自分のこと。病気がちで心が小さくなっている己を、奮い立たせたのではないか。名誉欲には無縁で、一日一日を精いっぱい生きた詩人の姿勢がよく表れている―と、群馬県立土屋文明記念文学館の学芸員が説明してくれた。

社会主義思想の高まりと、第2次大戦へと変転していった大正から昭和初期にかけて、革命的な情熱を詩にぶつけ、39年の生涯を駆け足で通り過ぎた恭次郎。その生誕

100年記念展が、同文学館で開かれている。

会場をのぞくと、ほぼ等身大に引き伸ばした詩人の写真が、入り口付近に展示されていた。死の半年前、前橋公園下のアカシア林で撮影したものだ。同じ目線に立ち、対話する気持ちで見てもらいたい、との配慮からだという。

生前、13歳年上の萩原朔太郎や草野心平、壺井繁治らと交流があった。朔太郎とはよく兄弟と勘違いされたが、「僕らには何らの血縁はない。でも、僕の持っている彼への愛は、少なくとも長兄に対する愛だ」と、敬愛の気持ちを語っている。

多くの未公開作品をはじめ、書簡や日記、書籍類など450点という膨大な資料に圧倒される。初期から晩年まで、素顔と足跡をこれだけ浮き彫りにした展示は恐らく初めてだろう。一見の価値は十分ある。

（1999年6月12日）

萩原恭次郎の直筆原稿、書簡など353点が、親交のあった詩人、壷井繁治の生前住んでいた東京都中野区の家で見つかり、1997年に群馬県立土屋文明記念文学館に寄贈された。詩稿の半分近くは全集にも未収録で、研究者を驚かせた。

理想の総合芸術運動

詩、音楽、演劇、舞踊などに関わる芸術家たちの結集を呼び掛ける記事が上毛新聞に掲載されたのは１９２６（大正15）年３月のことだった。

筆者は前橋市の詩人、萩原恭次郎（１８９９〜１９３８年）。〈芸術に精進し、新しい芸術を理解し、研究する〉ために「上毛綜合芸術協会」を設立し、文化運動を繰り広げようという内容である。

活動の手始めとして5月に「芸術祭」が前橋の演芸場「いろは」で開かれた。企画、進行は全て恭次郎が中心。宣伝のため詩人たちが仮装して市内を練り歩き、当日は上毛マンドリン倶楽部の演奏をはじめ、詩の朗読、創作舞踊などが演じられ、３００人もの観客を沸かせた。

前橋では前例のない取り組みは結局一回で終わるが、恭次郎は当時、なぜこのような仕掛けに情熱を注いだのか。前年の25年には第1詩集『死刑宣告』を出版している。大小の活字を配置した前衛的な編集、激烈な詩表現は詩壇に大きな衝撃を与えた。

そんな芸術革命を経て創作意欲が高まるなか、理想とする総合芸術運動を実現させようとしたのではないか。音楽、写真、デザインでも才能を発揮した同郷の先輩詩人、萩原朔太郎からの刺激もあったろう。

きょう23日は恭次郎の生誕120年に当たる。優れた農民詩も含め、その詩業は古びることなく、私たちに新鮮な驚きを与え続けている。

（2019年5月23日）

伊藤信吉さんも「芸術祭」に参加した詩人の一人だが、恭次郎が熱をあげた創作舞踊などには〈てんで興味をそそられなかった〉と回想し、こう結論づけた。〈当時の恭次郎は多血質めいた詩人といえるし、華やかな芸術的環境がすきだったのだ〉。

2館が連携して光当てる

二つの文学館で開かれている展覧会のチラシを並べると、一枚の肖像画になる。そんな仕掛けにまず目を見張った。前橋市の詩人、萩原恭次郎（1899〜1938年）の若き日の姿だ。

第1詩集『死刑宣告』の先鋭的な表現が詩壇に衝撃を与えた恭次郎の生誕120年記念企画展が、先月、群馬県立土屋文明記念文学館で、今月2日からは前橋文学館で始まった。

両文学館は特質を生かしつつ、これまでにない連携を試みている。県立が大正詩壇の変遷をたどりながら恭次郎の詩業を位置づけているのに対し、前橋は前衛性、革新性に焦点を当てた。そのうえで、チラシ、図録などに共通の素材を使い、連携した朗読イベントなども繰り広げる。

その仕掛けに刺激を受け、『死刑宣告』（復刻版）のページを開いた。激烈な詩語、大小の文字と版画が入り乱れる大胆なデザインに触れ、26歳の恭次郎と美術家たちの荒々しく秩序を否定する勢いに圧倒された。

序にこんな言葉がある。〈如何なる方面から読んでも、大小の活字を乱用しても、絵を挿入しても（略）未だ私達の美は求め得られないであらう〉〈ただ走り出す、動き出す熱量である。力量である〉。

音楽、映像を取り入れた斬新な展示に加え、舞踊やまちなかを会場にした連動企画もある。恭次郎の〈熱量〉は今も多くの人の心を動かしている。（2019年11月3日）

『死刑宣告』について萩原朔太郎は〈缺點無類の未完成〉としながら〈一の不可思議な暗示がある（略）現にある一切の文明を破壊して、来るべき次の文明に向はうとする、今世紀の最も深痛な情感性を（略）盛りだしている〉と評価している。

理想を求めた青年たち

1909（明治42）年5月、『おち栗』という文芸誌が前橋で創刊された。石川啄木、与謝野鉄幹、晶子夫妻、萩原朔太郎、平井晩村、佐藤緑葉ら錚々たる文人たちが執筆している。

当時の地方出版物としては異例の充実した内容であることに加え、編集・発行に携わったのが20歳前後の無名の若者たちだったことに驚かされる。第1号で廃刊したとはいえ、なぜそんなことができたのか。

今春出版された『坂梨春水・「東北評論」と「おち栗」と―明治青年の一軌跡』（石山幸弘著、群馬県立土屋文明記念文学館発行）を読むと、時代の空気に敏感に反応し、理想を求めて行動した青年たちの熱い思いと文化的環境とが重なることにより初めて実現したことがわかる。

仕掛け人となった前橋市出身の歌人、評論家の坂梨春水（1889～1977年）は、前年の1908年、旧制前橋中学の先輩である高畠素之らとともに社会主義啓蒙雑誌『東北評論』を創刊した人物だ。

大逆事件の〝余波〟で逮捕されるが、恩赦により出獄。その後は同書によれば、上州新報で文芸欄の復興に努め、朔太郎に歌壇選者を依頼し、高浜虚子らを招いた「かみつけ俳句大会」の開催に奔走する。

上毛新聞記者としても健筆をふるい、郷土研究に多くの仕事を残した。その足跡そのものが、反骨を貫いた一人の上州人の遺訓ともとれる。


（2008年9月3日）

石川啄木は「おち栗」に擬古文で書いた散文「手を見つつ」を寄稿した。編集兼発行人の新井勘治が啄木に直接会って依頼した。啄木は1909年5月5日の「ローマ字日記」に、まとめかねながらも仕上げ、〈前橋の麗藻社へ送る〉と書いている。

群馬の同人詩誌の先導役

萩原朔太郎に師事した前橋市生まれの詩人、岡田刀水士《とみし》さん（１９０２〜１９７０年）が、新しい詩誌の創刊を訴える文書を県内の詩人たちに送ったのは１９６２（昭和37）年秋のことだった。

賛同者による準備会が重ねられ、翌年7月、「軌道」が誕生した。以後、多くの詩人たちが参加し、群馬の同人詩誌の先導役を務めていく。

終戦直後、岡田さんは中断を余儀なくされていた詩活動をいち早く再開した。「詩学研究会群馬支部」を立ち上げ、１９５０年には詩誌「青猫」を創刊する。３年後に25号で終刊となるが、この間、多くの若い詩の書き手を育てた。

「軌道」で岡田さんが目指したのは、この「青猫」に代わる斬新な詩誌だった。発刊にあたり決められた〈今日的状況における人間の意味と可能性を確認する〉で始まる「同人相互の目標」からは、妥協を許さない姿勢と強い意気込みが伝わってくる。

そんな歴史をもつ「軌道」が、今月発行の161号で47年にわたる活動に終止符を打った。編集・発行人の久保田穣さんは、創刊同人の1人で萩原朔太郎研究会事務局長だった野口武久さんが急逝したことと、久保田さん自身の体調不良で継続が困難になったためと説明する。

岡田さん主宰の2誌が誕生した時の、かかわった詩人たちの熱い思いに触れるたびに勇気づけられる。文化のもつ力を信じるその精神を引き継ぐ必要がある。

（2010年8月15日）

〈私は今、青春の詩情の激しく込みあげてくるのを壓《おさ》へかねてゐる〉。岡田刀水士さんは、終戦直後に出版した詩集の後記でこう書いた。詩誌「青猫」の誌名は、岡田さんが青春時代に最も強く影響を受けた萩原朔太郎の詩集の題名が使われた。

戦争経験を原動力に

群馬交響楽団の前身となるオーケストラが高崎で誕生した1年後の1946（昭和21）年11月、前橋でも文化を興隆させようという運動が始まった。萩原朔太郎の詩碑建設運動である。中心となったのは、旧満州（中国東北部）から引き揚げたばかりの詩人、東宮七男さん（1897〜1988年）だった。傷心の日々を送る中、建設を思い立ち、高橋元吉、岡田刀水士氏らに呼び掛けて3週間余りで準備委員会開催までこぎつけた。この時の活動はいったん挫折する。しかし思いは途切れず、1955年に実現する。

混乱の時期、無謀とも言える運動になぜこれほど打ち込むことができたのか。〈満州での死ぬような体験がぼくの人生観を変え、詩作への情熱をかりたてた〉。東宮さんは述懐した。１９３８（昭和13）年、教職を離れ満州に渡ってからの多くの苦難が原動力になった。

同時期に満州に行った次男の画家、東宮不二夫さん（１９２６～２０１３年）は18歳から3年間、シベリアに抑留された。その過酷な体験と、戦後、小学校教員として取り組んだ美術教育との関わりについて書いている。〈満州やシベリアでの不毛な青春を取り戻そうと、ムキになって自分を燃焼させた…〉。

2人の足跡を紹介する「七男と不二夫　父子展」が前橋文学館で開かれている。激動の時代を生き抜いた親子の批判精神は、戦後70年の今、ますます存在感を増して見える。

（２０１５年3月26日）

東宮七男さんは旧宮城村生まれ。群馬師範を卒業後、萩原恭次郎らとアヴァンギャルド文学運動を展開。１９３８年、従兄で満州開拓の父と言われる東宮鉄男の伝記編纂のため渡満。終戦後、朔太郎詩碑建設運動や数々の文芸誌発行に取り組んだ。

文人市長・関口志行の祝辞

長すぎる挨拶は禁物だ。会合での一言も簡潔明瞭に越したことはない。

1953（昭和28）年10月、前橋市の利根川に架かる群馬大橋開通式。第12代市長で俳人でもあった関口志行さん（1882～1958年）の祝辞は「秋晴や群馬大橋弧をつらね」の句を詠むだけだった。

その時季にしては強い日差しが照りつけるなか、来賓の長い挨拶が続いていた。参列者は新鮮な驚きを感じたに違いない。当時県総務部長でのちに知事となる神田坤六さんの回想によれば〈一瞬かすかなどよめき〉があり〈感歎のうめき声〉が上がったという（『関口志行先生追憶録』）。

大正初めに弁護士となり、県会議員、衆議院議員を務めた。市長になったのは終戦から間もない1947年、64歳だった。取り組まなければならないのは戦災で市街地の多くを焼失した前橋の復興というかつてない難事業。心配する後輩に関口さんは「男子立たざる可からざる時は立つ、一身の利害を省みんや」と決意を述べたという。

祝辞は、苦しみを経て新たな街づくりが形になりつつあったことへの感慨が凝縮されている。だからこそ市民に深く伝わったのだろう。

きのう投開票があった市長選で山本龍さんが現職を破り初当選した。終戦直後の混乱期とは質は異なるが、県都は重い課題が山積している。短くても実体の伴う言葉と決意でかじ取りに当たってほしい。

（2012年2月20日）

関口志行さんの俳号は「雨亭」。第二高等学校時代に俳句を始め、松根東洋城に師事。前橋の俳句団体「いなのめ会」の中心的存在となり、群馬県俳句作家協会を創設した。没後、『雨亭句集』が刊行された。前橋市内に3基の句碑がある。

郷土望景詩の風景を描く

萩原朔太郎の評伝や作品研究を収録したみやま文庫の『詩人萩原朔太郎』（1966年発行）の表紙は、郷土望景詩の一篇「才川町」の風景だ。〈ならべる町家の家並のうへに／かの火見櫓をのぞめるごとく…〉。詩の表現を忠実に再現し、火の見櫓や家々が並ぶ通りの向こうに、雄大な赤城山が姿を現している。描いたのは、画家の小見辰男さん（1904～1983年）である。同書発行の少し前にも、郷土望景詩の風景をとらえた10点ほどの水彩画を朔太郎忌で発表した。

詩人の梁瀬和男さんは、制作中の小見さんから意見や感想を求められたという。その時、小見さんが朔太郎の心情を形にするために資料を集め、何度も下書き、習作を重ねていた様子を目の当たりにした。こうした姿勢に対し、「（詩の）風景に傾けた情熱は忘れることができない」と回想している（『戦後群馬文人への追慕』）。
前橋の中心街で生まれ、終戦後間もなくこの地に発足した「劇団ポポロ座」の舞台装置を担当した小見さんは、１９４７（昭和22）年につくられた「上毛かるた」の絵札を描いたことで知られる。１９６８年から発行されている新版用に自ら描き直した絵札の原画44点が県庁・県民センターで展示されている。
20年ぶりの公開だという。じっくり見ていくと、どの絵札も細部まで気配りされているのが分かり、作者の郷土に対する深い愛情とこの事業にかける情熱が伝わってくる。

（２０１４年３月24日）

小見辰男さんは前橋市竪町（現千代田町）生まれ。旧制前橋中学、東京美術学校（現東京芸術大学）西洋画科卒業。１９４５年８月５日の前橋空襲直後、焦土と化した前橋市街地をスケッチした16枚が『戦災と復興』（前橋市発行）に掲載されている。

ゆるやかな時間を描く

「緑陰」という言葉を、暑中、残暑見舞いでよく使う。文字を見ているだけで、涼風が吹いてくる気がするからだ。

〈（略）みどりの葉のそよげる影をみつめゐれば／君やわれや／さびしくもふたりの涙はながれ出でにけり。〉

萩原朔太郎の詩「緑陰」は〈さわやかな初夏の午前の風光の中での、しめやかな恋情のゆらめき〉（那珂太郎編『萩原朔太郎詩集』）をうたっている。朔太郎が生涯の多くを過ごした明治、大正期の前橋には、そんな趣のある緑陰がいたるところにあったに違いない。

涼を求め散策する詩人の姿が浮かんでくる風景画に出合った。朔太郎の母、ケイのいとこにあたる八木淳一郎（１８８１〜１９４８年）の「前橋郊外　柳原の堤」（１

926年）だ。

描かれているのは現在の柳原発電所付近（同市岩神町）で、右側の大木の枝が葉を茂らせ、画面全体が淡い緑で覆われている。親しくした朔太郎とともに歩いた場所なのかも知れない。

旧制前橋中学から早稲田大学に進み、美学を専攻。卒業後は演劇の舞台装置などを手がけたが、画業はほとんど知られていない。そんな埋もれた画家の仕事が「前中・前高同窓会」創立100年を記念して12月に開かれる「同窓画家の作品展」で紹介される。

ゆるやかに時間が流れるこの絵の空気こそ、前橋が失ってはならないものなのではないか。


（2010年8月30日）

八木淳一郎は萩原朔太郎より5歳年長で、早稲田大在学中から坪内逍遥に師事。1922（大正11）年に帝国劇場で上演された坪内作「おなつ狂乱」の舞台装置を担当し、好評を得た。芸術に関わる者同士、朔太郎と親しく交流したとみられる。

人間の在り方問う豚の詩

前橋市粕川町の詩人、真下章さん（84）が10年間にわたり文化誌「上州風」に連載した木版画の原画とエッセーを展示する「いろはにこんぺと　真下章の仕事」（前橋市・広瀬川美術館）をゆっくり見ることができた。

埴輪や金網の中のウサギ、羽化する瞬間のセミ、野の花や動物、昆虫など身近なものを描いた木版画の素朴で温かな表現のもとにある、人間社会への痛烈な批判が伝わってきた。

10代の終わりごろ萩原朔太郎の作品に衝撃を受け詩作を始めたが、農業に専念するため断念。養豚業を広げていって16年の空白ののち、再開した。何年かして、毎日顔を合わせる豚を素材にした詩を書き始めた。

豚に自分と共通する部分を感じながら、食肉とする場に渡す日々のなかで、「胸にこみ上げてくるどうにもならない思い」を言葉にした。豚を「神サマ」と呼ぶ散文詩を収めた第2詩集『神サマの夜』（１９８７年）で第38回H氏賞を受けた。

たくさんの〝豚飼いの詩〟を書きながら、独学で始めたという木版画にも、人間の在り方を問う〈どうにもならない思い〉が込められている。

展示されている木版画に重ねたエッセー「お先にどうぞ」に、こんな言葉があった。

〈ただ限りなく進化を遂げつづける　文明社会に向けて、とりあえず「お先にどうぞ」と、手を振ることにも　吝かではない〉

（２０１３年6月17日）

真下章さんは、家業の農業を続けながら地元の短歌会に参加。同人誌に発表していたが、１９４７年、18歳の時、文芸誌「東國」の萩原朔太郎特集にあった朔太郎の詩「竹」などを読んで衝撃を受けた。これが詩を書き始めるきっかけとなった。

豚の詩人を悼む

土色をした布製の表紙には、本物の豚の鼻が押されていた。前橋市粕川町の詩人、真下章さんの第1詩集『豚語《とんご》』が出版されたのは、今から40年前の１９７９（昭和54）年のことだ。

発行所は真下さんが当時４００頭を超える豚を飼育していた赤城山南麓の養豚場「おんばこ農場」。収録された25篇はすべて豚の詩である。

〈さあ／これで一対一だ（略）下着を脱いだら／パンツもだ／／みんなだ／そうだそれでいい／そしたら四つん這いになって／ブウー／と　ひと声云ってみろ／／俺とおんなじじゃあねえか〉。

豚と自分を重ね合わせた表題作は、利便性、経済性ばかりを追い求めて本来の生き方を見失った人間、社会を痛烈に批判している。「神サマ」と呼ぶ発育不全の豚の生命への痛切な思いを込めた散文詩が軸となった第2詩集『神サマの夜』(１９８７年刊)は、優れた現代詩集に贈られるH氏賞を受けた。

以後も詩とともに、独学で習得した木版画や書に取り組んできた真下さんが今月、89歳で亡くなった。取材でお会いするたびに、飾りのない誠実な言葉、本質を捉える確かな目にはっとさせられたことを思い出した。

久しぶりに類例のない豚の詩集を読み返し、温かみのある木版画の世界にも触れた。その底にある批評精神はより一層力を増しており、今を生きる私たちに警鐘を鳴らし続けている。

(２０１９年2月24日)

真下章さんの『豚語』を出版直後から激賞したのは高崎のクラシック喫茶「あすなろ」を経営する崔華國さんだった。崔さんはその後、詩を書き始め、１９８５年に『猫談義』でH氏賞を受賞。２年後には、真下さんが『神サマの夜』で同賞を受けた。

詩人の痛切な言葉

昨年2月に89歳で亡くなった前橋市粕川町の詩人、真下章さんの没後1年に合わせて出版された詩集『ゑひもせす』（榛名まほろば出版）を繰り返し読んでいる。

〈あれはいい実にいい〉。真下さんが「そうだよな」という詩でたたえたのは、目覚めたばかりの子豚の小さな耳だ。陽の光に透けて、〈得も云えぬ美しい血の色を広げて見せる〉とき、〈正に億年を生き続けてきたこの星のいのちの色が映る〉のだという。

赤城山ろくで養豚業を営みながら、豚を題材にした詩を発表し、第2詩集『神サマの夜』（１９８７年）で優れた現代詩集に贈られるH氏賞を受けた。新しい詩集も豚の詩が軸だが、自身の生い立ちや家族、自然まで対象を広げ、文明社会の矛盾を浮かび上がらせている。

もとになった詩集は、実は8年前に編まれている。自ら原稿用紙に51篇を清書し、コピーして黒いひもでとじたうえで、知り合いの詩人たちに送った。部数は限られ、目にした人はごくわずか。これが詩業にふさわしい形だろうか。出版の相談を受けたことがある榛東村の現代詩資料館「榛名まほろば」館長の富沢智さん（68）が手を挙げ、遺族の了承を得て活字の出版物としてよみがえらせた。

命への慈しみと、それを見失った人間の愚かさへの憤り。詩人が最後に私たちに伝えようとした痛切な言葉をかみしめる。

（2020年4月5日）

真下章さんが39歳で詩作を再開したとき、投稿した詩を評価してくれた岡田刀水士さんに「語彙が少なくて、書くのが難しい」と相談すると、岡田さんはこう言ったという。「自分の生活の言葉があるじゃないか。語彙なんて気にしなくていい」と。

命あるものへのいたわり

〈今朝伐《き》られるはずの樹が／朝からの雨で一日だけ生きのびた／明日は伐られるという日／何故か大きな樹の下を歩きたくなった〉。前橋の詩人、曽根ヨシさんの詩「伐られる樹」の一節。

一つの場所で何十年と命の灯をともし続けてきた大木。周囲に住宅が建ち並び、伸び伸びと枝を張ることが許されなくなった。人間の身勝手から切られる運命の大木に曽根さんは向き合う。

大木にとってはあまりにも理不尽な仕打ちだが、「やめてくれ」と声高に叫ぶこともできない。やるせなさが作者の言葉を通して迫ってくる。ふと開発の陰で消えていく植物に思いが及ぶ。

県の天然記念物に指定されている伊香保町の大サツキと、利根村のヒカリゴケ自生地が、指定を解除されることになった。人為的に手が下されたわけではないが、枯死したり死滅した。

ヒカリゴケは洞くつ内のわずかな光に反射して黄緑色に淡く輝く。赤城山の国有林で道路建設中に発見された。非常に珍しく、国指定天然記念物に指定されているものもある。環境の変化に弱く、交通量の増加や観光開発が影響した。

〈伐られる樹を／今日はみえなくなるまでみてやる…梢の細い一本一本の線を見つづけてやる〉

詩はこう結ばれる。命あるものをいたわる心が安易な環境破壊への警鐘として伝わってくる。

（2005年2月22日）

高崎の音楽喫茶「あすなろ」企画室員として、文化誌「あすなろ報」の編集や詩の朗読イベントの運営に携わった。1979年には女性ばかりの詩の同人誌「裳」を創刊。1990年、前橋の書店、煥乎堂の「煥乎堂ギャラリー」企画室員となった。

朔太郎を継承する詩人

前橋市出身の画家で小説家の司修さん（71）は23歳のとき、絵を勉強したいと切望して上京した。

ところが、食べるための仕事探しに追われる毎日で、絵のことなど考える余裕もなく絶望し、ついに帰郷することを決めた。そんなとき、前橋時代に買って持っていた文庫の『萩原朔太郎詩集』にある「地面の底の病気の顔」「見しらぬ犬」「死なない蛸」などの作品に初めて触れた。

〈それはぼく自身の顔でもあった。（略）飢えて牙を研ぐ狼は、しおたれ始めたぼくを歯ぎしりして怒っていた。（略）ああ、詩とは生きる勇気を与えてくれるものなのか、とつくづく思った〉（『新刊ニュース』１９９０年3月号）。

群馬県庁・昭和庁舎で開かれている県立近代美術館コレクション展「司修—萩原朔太郎の世界を描く」には、朔太郎の詩群「郷土望景詩」などをもとに描いた幻想的な油彩画、版画23点が展示されている。

同展に合わせて先月行われた記念講演会で司さんは、「(これらの作品を描いたのは)絶望から救ってくれた詩人に少しでも感謝したいという気持ちからだった」と述べた。同郷の詩人、評論家の伊藤信吉さんは司さんを〈萩原朔太郎を継承する詩人〉と評した。朔太郎の独創的な詩魂は、司さんの絵のなかで息づいている。

(2008年3月2日)

司修さんの連作小説集『影について』(1993年刊行)を取り上げた文章で、伊藤信吉さんは〈始めから終わりまで、作者の生地・群馬県前橋市にかかわりがある〉とし、同書が〈あたらしい「郷土望景詩」としてあらわれた〉と位置付けた。

重み増す抒情の世界

上毛新聞くらし面（毎週土曜日付）に「くらしの中のうた」という詩の欄がある。県内の8人の詩人がリレーして書いている。先月27日付は曽根ヨシさんの「秋は自転車に乗って」。

あの方の車に　もう決して／乗せてもらうことはなくなった／歳月がしんしんと積もった体で／十年も乗らなかった／自転車を漕《こ》いでみる…。

3年前、夫を亡くした。その後、夫のことを何度も詩にしてきた。飾りのない詩語でとらえられた日常の風景は、心の声を痛切に伝える。

1966年に出版した第1詩集『野の腕』に「最初の児に」と題した3編の詩がある。同年春、死産を経験し、その抱くことのできなかった子のことを取り上げた作品だ。

「本当に大変なことがあった時、私は詩を書いて乗り越えてきた気がします」「人生を生きることが先にある。その結果として出てくるのが詩なんです」。曽根さんはかつてこう述べた。

漫画家のやなせたかしさんが責任編集を務める季刊詩誌『詩とファンタジー』が先月創刊された。やなせさんは〈今の世の中がへんてこになっている〉のは〈抒情の世界っていうのを全然無視してしまった〉ためだとし〈そういうことが、必要なんだ〉と力説する。

目に見えないものが切り捨てられる時代、曽根さんの詩の言葉は一層、重みを増している。

（2007年11月2日）


曽根ヨシさんは高崎市立塚沢中学時代、赴任してきた詩人の岡田刀水士さんから詩作の指導を受け始め、23歳のとき、「川迄くると」が村野四郎の選で現代詩手帖の前身「世代」の特選に選ばれた。第1詩集『野の腕』はH氏賞候補となった。

郷土詩人の研究に情熱注ぐ

鬼気迫る…。気迫あふれる生き方や仕事への賛辞としてよく使われる表現だが、先月、91歳で亡くなった前橋の詩人、梁瀬和男さんの近年の仕事に触れるたびに浮かんだのがこの言葉だった。

梁瀬さんの「伊藤信吉研究」が自ら編集する総合文芸誌『風雷』で始まったのは1987年5月から。同郷の先輩詩人の幅広い研究や詩業を、畏敬とともに冷静な批評眼をもって論考する骨太の連載評論は、2001年の終刊まで53回を数えた。

しかしそこで途切れることなく、雑誌『かぶらはん』で106回まで、2011年からは『夜明け』で書き継がれるという異例の形で30年にわたり続けられ、今年1月発行の同誌に掲載された133回が最後になった。

終戦直後から始めた詩作とともに、本県の代表的な詩誌、文芸誌に深く関わり、県文学賞選考委員、上毛詩壇選者をはじめ、文学関係団体の中心となって活躍した。そのなかで、とりわけ輝きを増して見えるのは、雑誌、新聞などに発表したおびただしい数の郷土詩人の研究や回顧だ。未完の大作「伊藤信吉研究」はその代表例である。

〈時流にのみ眼をうばわれ、郷土の文学遺産に眼をむけない　傾向がみられる〉（『群馬戦後文人への追慕』）として後進を叱咤激励することが多かった。梁瀬さんのその姿勢もまた、継承すべき遺産である。

（2018年7月8日）

学生時代は戦争のさなかで、満足な読書ができなかった梁瀬和男さんが、初めて萩原朔太郎の詩に出合ったのは1947年。前橋の書店で詩集『青猫』を見つけ、抑えられていた知的欲求を満たすために、朔太郎の世界にのめりこんでいったという。

若き詩人たちを指導

〈投書をする見知らぬ若き詩人たちの、はげしくあふれるエネルギーが、（略）密度のある詩となってあらわれることを切望したい〉

昨年6月に亡くなった前橋の詩人、梁瀬和男さんが、「新しい詩の培養土」と題して、上毛新聞にある詩の投稿欄に寄せる期待をつづっている。実際に上毛詩壇の選者となったのは、10年余り後の1977年4月、50歳のときだった。

以後、体調を崩し退くまで40年間にわたって作品を選び指導を続けた。戦後始まり、高橋元吉、岡田刀水士ら群馬の代表的な詩人たちが担当してきた上毛詩壇の歴史の中で、梁瀬さんの在任は飛び抜けて長い。

最初の講評に、早くも〈作品を書く以前の情感が貧しくないか〉という厳しい言葉があった。その後の梁瀬詩壇をたどってみて感じる特質は、冷静な批評眼と、後進を育てることへの並みはずれて強い情熱である。どれほど多くの人が鼓舞されたことだろう。

先週、梁瀬さんをしのぶ会が前橋で開かれた。ゆかりの人たちが、群馬詩人クラブ、萩原朔太郎研究会の運営や詩誌編集、郷土文人の研究、詩の講義など故人の幅広い業績を語った。

いずれの活動も、先達詩人の作品や詩業への畏敬の念と、その精神を次代に伝えようという使命感が基本にあった。文学遺産の継承に尽くした仕事は、もっと光を当てられていい。

（2019年12月15日）

梁瀬和男さんが担当する以前の上毛詩壇選者のなかで、特筆されるのは1966年から亡くなる1970年まで担当した岡田刀水士さんが注いだ情熱。梁瀬さんの選評からは、その精神を継承して理想の投稿欄を作ろうという意欲が伝わってくる。

息づく短詩型文学の伝統

「きれいなおねえさんは、好きですか。」（パナソニック）、「うまいんだな、これがっ。」（サントリー）、「美しい日本の液晶。」（シャープ）。印象深いテレビCMのフレーズ。渋川市出身のコピーライター、一倉宏さんの作品だ。簡潔な言葉で時代の空気を読み取り、人々の心をとらえる表現をつかむ仕事を30年続けてきた。

作品集『ことばになりたい』（２００８年）には、思春期に詩を書いて雑誌に投稿していたエピソードも交え、言葉でコミュニケーションをとることへの情熱が切々とつづられている。

インタビュー（11月13日付本紙）で、好きだった詩人として谷川俊太郎さんらを挙げたうえで、郷土の萩原恭次郎のモダンさや実験性を高く評価しこう述べた。

「詩というのは必ずしも詩集の中にあるものではないと思っていて、いろんな中にある言葉の驚きだとか、言葉の面白さというのが全部詩だと思っている」。本県が生んだコピーライターといえば、糸井重里さん（前橋市出身）がいる。代表作の「おいしい生活。」（西武百貨店）は、１９８０年代の雰囲気と感性を見事に表現している。

萩原朔太郎、山村暮鳥、大手拓次…。多くの近代詩人を輩出した本県には短詩型文学の伝統が息づいている。糸井さん、一倉さんという名コピーライターが登場したことも、単なる偶然とは思えない。

（２０１０年12月27日）

糸井重里さんは「同じ場所に育った人間として、短い文章しか生まれない理由がなんとなく体でわかる気がする」とかつてインタビューで語っている（１９８６年９月30日付上毛新聞）。その理由は「やっぱり雷と空っ風のせいじゃないか」とも。

森繁久弥さんの詩心

「子供のころから詩を読むのが好きで、萩原朔太郎の詩は暗記しています」。10日に96歳で亡くなった俳優、森繁久弥さんの言葉を鮮明に覚えている。

12年前、講演のために前橋を訪れたときのことだ。前橋文学館に立ち寄り、展示されている朔太郎の直筆原稿や遺品などを熱心に見ながら、詩への熱い思いを語った。

映画、舞台、テレビ、ラジオなどで数々の業績を残した。特に記憶に残るのは、映画では『警察日記』の警察官や『夫婦善哉』の夫、テレビドラマは『七人の孫』のおじいさん役だ。旧松井田町の俳人、清水寥人さんの小説『機関士ナポレオンの退職』を原作とする『喜劇 各駅停車』で、旧足尾線（現わたらせ渓谷鉄道）を舞台に森繁さんが演じた主人公も忘れがたい。

文学館での姿に接し、その後、森繁さんによる、朔太郎や室生犀星、三好達治らの詩の朗読を収めたＣＤも聴いて、多彩な仕事の中核の部分にある詩心に気付かされた。
森繁さんが作詞・作曲し、加藤登紀子さんが歌って大ヒットした「知床旅情」を思い出す。１９６０（昭和35）年、知床で制作された映画『地の涯に生きるもの』の撮影最終日、協力してくれた地域住民への感謝の気持ちをこめて原型となる曲をつくり上げたという。
親しんだ詩を愛唱した。その積み重ねなしに「知床旅情」は生まれなかったに違いない。

（２００９年11月14日）

88歳だった森繁久彌さんがテレビ番組「徹子の部屋」に出演したときのこと。森繁さんは突然、「萩原朔太郎の詩を読んでいいですか」と言って、朔太郎の詩集『純情小曲集』にある「利根川のほとり」を見事に朗読し、多くの視聴者をうならせた。

詩人を生み出した風土

〈生まれ育った故郷の自然環境が、私の精神形成に与えた影響には測り知れないものがある〉。前橋市出身の反核科学者、高木仁三郎さん（1938〜2000年）が書いている（岩波新書『市民科学者として生きる』）。

そして、前橋が萩原朔太郎をはじめ多くの詩人を輩出した理由を〈風土、なによりも空っ風と赤城山が生み出したものではないか〉ととらえる。

同じ思いを抱く人は多いのではないか。県外で暮らす前橋生まれの人に「心に残る古里の風景は」と聞くと、たいてい、赤城山を挙げる。そんな言葉に接するたびに、ふだん何げなく見ているこの山が、思いのほか大きな存在であることに気づかされる。

前橋プラザ元気21で開かれている「裾野は長し赤城山展」の会場を訪れ、その魅力を再発見することができた。赤城山と周辺の風景や行事などを題材にした日本画、洋画、切り絵、絵手紙を前橋市が公募、展示しており、第3回となる今年の出品は約140点にのぼる。

紅葉した林、雪をかぶった鍋割山、裾野の菜の花畑、覚満渕のレンゲツツジ…。四季折々の風景を一つ一つ、ゆっくり見ていくと、作者の赤城山に寄せる愛着の深さが伝わってきた。

高木さんが共感をこめて紹介した郷土の詩人、萩原恭次郎のこんな歌が浮かんだ。

〈クツキリと紫の山赤城山　その山ながめて子は育ちけり〉

（2011年9月25日）

高木仁三郎さんは62歳で亡くなる前年、故郷前橋への思いをこう書いた。〈決定的な瞬間になると、いつも心の中にあの空っ風と赤城山とさらにそれを取り巻く群馬の自然が現れて、好んで困難な道を選ばせ私を前へと奮い立たせてくれたのである〉

第3章

潤いあるまちに

詩魂がもたらすもの

こ山春秋

昭和初めの前橋の桑町通りをとらえたその写真には、現在も営業を続けるそば店や呉服店、家具店、薬局などの看板やのれんが並んでいる▼詩人、萩原朔太郎による写真を収めた『萩原朔太郎撮影写真集―完全版』（野口武久編、みやま文

1915年	萩原朔太郎が前橋の音楽愛好家を集めて「ゴンドラ洋楽会」（後に上毛マンドリン倶楽部）を結成
1921年８月	上毛新聞が「日曜文芸」のページを始める
1950年５月	上毛新聞が上毛詩壇（選者・高橋元吉）を始める
1974年４月	前橋市水と緑のまちをつくる条例が施行されたのを機に「水と緑と詩のまち」が市のキャッチフレーズに
1975年５月	前橋こども公園に「文学の小道」として前橋の代表的な詩人、歌人、俳人の碑が建立される
2014年５月	「前橋ポエトリー・フェスティバル」が前橋文学館などで開かれる
2016年10月	「マンドリンのまち前橋」を全国に発信するため「前橋マンドリンフェスタ」が前橋で始まる
2018年８月	臨江閣が国重要文化財に指定される

れ、当時とすっかり風景が変わったようだが、古い記録を見ると、実はかつての面影がしっかり残されていることがわかる▼朔太郎のこれらの写真と、孫で４月に前橋文学館館長になった萩原朔美さんが同じ場所と構図で撮影した写真を並べて展示する同文学館の企画展「心の郷愁を撮りたい―１００年間の定点観測」を見た▼朔太郎は写真について〈自分の心の郷愁が写したいのだ〉と述べ、朔美さんは定点観測を〈「時も画家」なので、風景が徐々に変容していく。その変わり

前橋の名物

「萩の餅」80年ぶり よみがえる

製法メモ発見

再現された萩の餅

萩原朔太郎の詩にもうたわれた前橋の老舗「波宜（はぎ）亭」でつくられ、明治・大正期の名物として知られた「萩の餅」が、約八十年ぶりによみがえった。創業者の子孫宅で餅の製法メモが見つかったことから、[illegible]非常勤講師の志田俊子さんに[illegible]当時使われていた材料をそろえて完成させた。志田さんは「[illegible]上品な餅で、創業者の食文化に対する意識の高さが感じられる」と話している。

波宜亭は明治初め、元前橋藩士の山本揚樹（一八三六－一九〇三年）が現在の前橋中央児童遊園（前橋市大手町三丁目）敷地内に開業。多くの文人に親しまれ、萩原朔太郎がここを題材にした詩「波宜亭」を作り、「純情小曲集」に収録している。

萩の餅は波宜亭で作られていたもので、一九〇八（明治四十一）年に発行された「前橋繁昌記」（豊国義孝編）に、前橋の名物として片原饅頭（まんじゅう）と並び、「風味自在なるを以て名あり、毎日曜日各学生の来たり味ふ者多しとかや」などと紹介されている。

一九二一（大正十）年、前橋市の公園整備計画に伴い、店は閉じられ、萩の餅も作られなくなった。

萩の餅の材料などのメモが残されていたのは、揚樹のひ孫にあたる同所、山本和彦さん（62）宅。一八八五（明治十八）年に揚樹によって書かれた「比良婦木随筆」と題する文書で、この前半部分に材料の名称や当時の金額、白あんの作り方などが記されていた。

さらに、山本さんの姉の

萩の餅の材料と作り方が書かれた創業者のメモ

同市岩神町二丁目、山下幸子さん（[illegible]）が幼いころ、祖母が萩の餅を作るのを手伝っていて、その形や味などを記憶していたことから、志田さんがこれらをもとに、当時の食材を調査。明和学園短大栄養学研究室の野口美恵子さん、岡庭千代乃さんの協力を得て、再現させた。

萩の餅は、道明寺、葛（くず）、白玉を混ぜて作った円形の餅に白ごま、黒ごまをまぶしたもの、薄紅色、青磁色に染めたあん、白あんで包んだものの五個一人前。皿の真ん中に花びらを

1999.11.14

アマチュア日本一に輝き萩原朔美さん（右）から朔太郎マンドリン音楽賞を受ける「Ensemble48」

之さん。「野火」と「ふるさと」を低音で聴かせた

第１回前橋マンドリンフェスタ2006は29日、前橋市民文化会館で13団体による演奏会を行い、２日間にわたる祭典の幕を閉じた。11月１日の萩原朔太郎の"満120歳"を祝福し、「マンドリンのまち前橋」を全国に発信した。

前橋マンドリンフェスタ

舞台と観客が一体

演奏会に13団体 音楽と詩が融合

「広瀬川白く流れたり…」。優雅なマンドリンの演奏に合わせて、詩の朗読が流れる。音楽と詩を融合させ、朔太郎の世界を再現した。

演奏はゴンドラ・マンドリンオーケストラ。朔太郎が主宰した「ゴンドラ洋楽会」にちなみ、孫弟子にあたる両角文則さんが十四年前に創立したプロの楽団だ。

両角さんはフェスタ実行委員会の会長。フィナーレを飾った演奏は朔匠に捧げるバースデープレゼントだった。

クラシックに古賀メロディーと、マンドリンの奥深さを引き出す構成が光る。圧巻は前橋市出身のテノール歌手、秋谷直之さんの登場。親友の室生犀星の詩に朔太郎が作曲した「野火」を熱唱、観客を感動させた。

演奏会では全国で活躍する楽団に混じり、県内のアマチュア六団体が出演した。前橋女子高校は

2006.10.30

明治の日本庭園に

市が整備計画

臨江閣と一体化

都市緑化フェアで前橋公園

前橋市は九日までに、全国都市緑化ぐんまフェア（二〇〇八年三―六月）の総合会場の一つ、前橋公園の整備計画をまとめた。中心となる「和みの庭ゾーン」の東部分は改修するひょうたん池に加え、上下二つの池を新設。野点処《のだてどころ》やあずまやを設けるなど、隣接する県重要文化財の臨江閣と一体的に整備、明治の雰囲気を伝える落ち着いた日本庭園とする。

和みの庭は旧前橋競輪場跡地、臨江閣とひょうたん池周辺の庭園の合わせて四・五ヘクタール。〇七年十月の完成を目指し、すでに基礎工事を始めている。

市の計画によると、新たに設ける池は合計約千平方メートル。最も北に滝を置いて水を流し、北の上池と南の下池、さらに別の滝をはさんでひょうたん池を結び、ゆるやかな流れのある水辺空間とする。

野点処は臨江閣の茶室近く。あずまやは上池を間近に臨めるよう配置する。このほか、池に橋を渡したり、中ノ島を造成。池を周回する小道や植樹で景観を高める。

臨江閣は緑化フェアで展示室に使われるため、老朽化している茶室と別館を改修する。フェアの後も茶会を開くなど、日本庭園の核となる観光資源として活用していく。

一方、和みの庭の西部分はイベントのできるエントランスや芝生広場を造成。広場の周囲は遊歩道、北側は段差を利用して桜棚を設ける。緑化フェア期間中は展示会場に利用。終了後、一部は二百五十台収容の駐車場に改修する。

前橋公園は和みの庭をはじめ、「利根川水系」「花の遊園地」など六つのゾーンを設定。緑化フェアを契機に、多彩な顔を持つ都市公園として、全国に魅力を発信する。

2006.12.10

臨江閣（前橋）国重文へ

文化審答申 熊ノ平変電所（安中）を追加

国の文化審議会（佐藤信会長）は18日、前橋市大手町の臨江閣を国重要文化財に指定するよう、林芳正文部科学相に答申した。初代県令、楫取素彦が皇族や高官をもてなすために地元財界人に提言して建設された建築物で、明治期の地方の迎賓施設を理解する上で歴史的価値があると評価された。国重文「旧碓氷峠鉄道施設」（安中市）では、熊ノ平変電所本館などを追加指定するよう答申した。

関連記事 4、16、17面

臨江閣で指定されるのは本館、別館、茶室の3棟。本館は1884（明治17）年、楫取の呼び掛けに応じた後の初代前橋市長の下村善太郎が土地と資金を提供し、町民、企業の寄付金で建設された。茶室は楫取と県庁職員が返礼として資金を出し、同時に建てられた。

本館の主体部は木造2階建て。東側に切り妻造りの車寄せがあり、貴賓用の御座所が設けられている。併設された能舞台や茶室は明治前期の賓客の接待の様相を示している。

別館は1910（明43）年に開催された「一府十四県連合共進会」の貴賓館と

2018.5.19

石川橋の記憶 後世に

朔太郎、伊藤信吉さんも親しむ

前橋 老朽化で架け替え

国指定重要文化財の臨江閣（前橋市大手町）近くの広瀬川にかかる石川橋が架け替えられることになった。詩人の萩原朔太郎も好んで散策した広瀬川を代表する風景の一つだが、大正時代初期に建造され老朽化が著しいためだ。橋を惜しむ声もあり、市は特徴のある欄干を移転保存し、新橋もデザインを踏襲する。橋の風景を記憶にとどめようとする市民の動きも出ている。

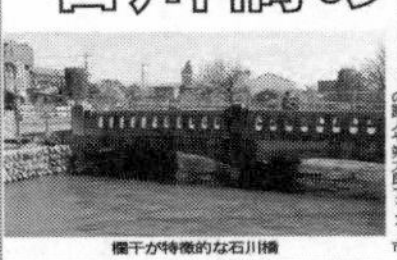

欄干が特徴的な石川橋

大正デザイン 新橋に踏襲

前橋市史などによると、石川橋は1915（大正4）年に造られた。鉄筋コンクリート製で、広瀬川に架かる市内の橋では最も古く、改修を重ねて現在の姿になった。欄干はアールデコ調で楕円形が並ぶデザインが特徴だ。

石川橋周辺は、朔太郎が散策した古い広瀬川の様子を今も残し、同じく前橋市出身の詩人伊藤信吉さんら多くの詩人や朔太郎ファン、市民に愛されてきた。

保存を求める声もあったが、「老朽化が著しく、現在の基準に合致していない」（市市街地整備課）ため、市道の拡幅に伴い架け替えることになった。既に新橋の工事は始まり、来年3月ごろの完成を目指す。現在の橋は広瀬川の水量が減る今年10月以降に取り壊す。

ただ、歴史的な景観に配慮し、欄干のデザインは踏襲する方針。現在の欄干も一部を切り取り、移転保存する方向で検討している。

取り壊される石川橋の記憶を多くの人と共有しようという活動もある。広瀬川の流れを止めた今月4日には、川底に降りて橋を下から観察する見学会が開かれた。参加者で50年ほど前まで近くに暮らしていた小池千恵子さん(84)＝同市総社町＝は「毎日見た風景だった。良いものが壊されるのは寂しいが、新しい橋も風情のあるものになってほしい」と話す。

見学会を主催したのは景観や歴史的建造物を活用したまちづくりの活動をしている建築家の長井淳一さん(63)＝同市南町＝。今後も住民が撮影した昭和40年代

2019.3.22

古い前橋を伝える

前橋の繁華街や龍海院の参道、前橋公園…。萩原朔太郎が明治末期から昭和にかけて撮った写真には、街の日常の風景が写されている。

これらの写真を収めた『萩原朔太郎撮影写真集』（萩原朔太郎研究会編、１９８１年刊）に、「写真でみる前橋今昔」と題した付録のページがある。そこには朔太郎の写真と、朔太郎が撮影した場所とほぼ同じ位置で撮った写真（１９８０年撮影）が５組並ぶ。

路面電車の軌道がある竪町通りは自動車の往来が激しい国道17号へ、木造店舗が軒を並べる桑町通りは中央通りアーケード街へ。写真は街の変化を正確にとらえる。その一方、数十年を経ても変わらない通りの個性もまた伝える。

付録の冒頭にこんな言葉がある。〈前橋市は昭和二〇年八月五日夜の空襲で市街地の約八割を失った。このため古い街を訪ねる写真が極めて少ない…〉。マンドリンや手品など多趣味だった朔太郎にとって写真もその一つだったのだろうが、今では前橋の過去を知る貴重な遺産になった。

街並みや人の営みを写した多くの写真が、津波で失われた東日本大震災。記憶をたどる写真の役割があらためて見直されている。

朔太郎の孫で映像作家の萩原朔美さんが8月6日、前橋文学館の100回記念アートステージで朔太郎の写真について語る。朔美さんの「温故知新」に耳を傾けたい。

（2011年7月24日）

萩原朔太郎が撮ったガラスの乾板は、朔太郎の妹、津久井幸子さんが所有していた。野口武久さんは1972年、東京都練馬区に住んでいた津久井さんからこれを見せられ、前橋で現像することを約して借用。朔太郎撮影写真が世に出ることになった。

朔太郎撮影写真集完全版

〈かのさびしき惣社の村より直として前橋の町に通ずるならん〉。前橋市出身の詩人、萩原朔太郎は郷土望景詩の一編で、前橋市岩神町と総社町を結ぶ「大渡橋」をこう表現した。

全長５００メートル余り、鉄骨組みのアーチの形状が特徴的なこの橋が架けられたのは１９２１（大正10）年のこと。朔太郎は当時の様子を、写真でも独自な視点でとらえていた。

萩原朔太郎研究会事務局長の野口武久さん（72）が編集した『萩原朔太郎撮影写真集―完全版』（みやま文庫）にある、大渡橋をさまざまな角度から撮影した４枚の写真を見ていると、橋の構造や周辺の風景が分かるとともに、郷土望景詩とも重なる朔太郎の孤独感や憤怒が伝わってくる。

少年時代から晩年に至るまで写真に親しんだ朔太郎の「もう一つの作品」を紹介する同書は、野口さんが遺族らの協力を得て撮影場所や年代を丹念に調査しまとめた労作だ。

1981年に刊行した旧版に、新たに発見された写真や再調査で判明した事実を加えた。収録した114枚のうち、大渡橋の写真を含む40枚が未発表だという。

〈その器械の光学的な作用をかりて、自然の風物の中に反映されている、自分の心の郷愁が写したいのだ〉（「僕の写真機」）。多くを占める前橋市内の風景や家族のスナップが心を打つのは、そんな姿勢で撮影されているからなのだろう。

（2009年3月8日）

『萩原朔太郎撮影写真集』は野口武久さんが撮影場所や年代などを8年かけて調べ、1981年2月に前橋市教育委員会から、同年3月に上毛新聞社から出版された。1994年10月には新潮社から『萩原朔太郎写真作品　のすたるぢや』が出た。

朔太郎・朔美写真展

郷土の風景を写した約100年前と現在の写真を比較すると、どんな発見があるだろう。

前橋文学館で開かれている「朔太郎・朔美写真展」には、萩原朔太郎が撮影した場所に孫で映像作家の朔美さんが立ち、同じアングルでとらえた定点観測写真が並ぶ。この夏に中心商店街や前橋公園、大渡橋などを撮影した。

20代のころから定点観測写真を手掛ける朔美さんにとって、大きなテーマは時間。定点観測することへの興味を尋ねると、「神の目のように人間の営為を記録する面白さがあった」。

龍海院の参道は、朔太郎の写真では入り口の石仏と並木が写っているが、現在はどちらもなく、周囲は住宅が密集する。砂利道の両側に木造の商店が並ぶ桑町通りは中央通りアーケード街に姿を変えた。一方、赤城大沼の背景に見える山の稜線のように全く変化しないものもある。

朔太郎の作品と朔美さんの写真の間には、変わったものと変わらないものが数え切れないほど写し込まれている。〈新旧の写真を見ていると、「眩暈」のような感覚が生まれる〉。そう記す朔美さんは、定点観測写真を、〈時間のいたずら〉と表現している。

世代の違いや記憶など、同じ場所でも見る人によって写真の印象は異なるだろう。だが、この写真展は多くの人に見慣れた風景を見つめ直すことを促すようだ。

（2012年12月9日）

萩原朔太郎が撮影した場所を孫の朔美さんが撮影する企画は前橋文学館の小林教人さんが発案。撮影に関わった石原康臣さんは「その場所を朔美さんが訪れ、どう感じ、思ったかを、朔太郎の撮影時の心情と照らし合わせようと心掛けた」という。

時という画家

昭和初めの前橋の桑町通りをとらえたその写真には、現在も営業を続けるそば店や呉服店、家具店、薬局などの看板やのれんが並んでいる。

詩人、萩原朔太郎による写真を収めた『萩原朔太郎撮影写真集―完全版』（野口武久編、みやま文庫）のなかの「桑町通りI」。戦後、アーケードが設置され、当時とすっかり風景が変わったようだが、古い記録を見ると、実はかつての面影がしっかり残されていることがわかる。

朔太郎のこれらの写真と、孫で4月に前橋文学館館長になった萩原朔美さんが同じ場所と構図で撮影した写真を並べて展示する同文学館の企画展「心の郷愁を撮りたい―100年間の定点観測」を見た。

朔太郎は写真について〈自分の心の郷愁が写したいのだ〉と述べ、朔美さんは定点観測を〈「時も画家」なので、風景が徐々に変容していく。その変わりゆく様を写真に定着させ、新旧の変化を楽しむ〉ものだという。

この興味深い取り合わせで再確認できたのは、1世紀近い間のまちの変化の大きさとともに、それでもなお失われなかったものが少なからずあるということだ。

さらに写真を交互に眺めていると、空襲や災害などを経て、復興を果たしてきたこの地の人々の平たんではなかった道のりが浮かび上がる。これもまた〈時という画家〉がもたらしたものではないか。

（2016年9月19日）

萩原朔太郎が撮影した建物の多くは1945年8月5日の前橋空襲で焼失した。「活動写真館通り」は前橋市榎町（現千代田町5丁目）の前橋活動写真館、前橋大和劇場（後に第壱大和）が映っている。全焼後、第壱大和はテント張りで再開した。

朔太郎が撮影したトンネル

『萩原朔太郎撮影写真集―完全版』（野口武久編）にある前橋市内の風景写真はどれも心引かれる。

なかでも前橋市大手町の市中央児童遊園「前橋るなぱあく」と臨江閣南側の瓢箪池をつなぐトンネルの写真は、見るたびに新しい発見があって、飽きることがない。撮影したのは公園整備の一環でトンネルがつくられた直後の１９２２（大正11）年ごろとみられる。るなぱあく側には、朔太郎が詩でうたった茶店「波宜亭」や赤城牧場があったことから、失われてしまった波宜亭への思いを写真で表現しようとしたのではなかったかと想像できる。

画面の両側にあるトンネルの石積みが今もまったく変わらず残されていることに気

づいたときの驚きと喜びは忘れない。朔太郎がここに立って抱いた〈心の郷愁〉に直接触れた気がした。

このトンネルの改修工事が先週から始まった。上部を通る市道を拡幅するためで、外観の雰囲気を極力変えないように現在使われている石を積む計画というが、あの面影がどこまで残されるか。

朔太郎は１９３８年に発表した「物みなは歳日と共に亡び行く」でも波宜亭について「既に今は跡方もなく…」と嘆いた。すべてを保存するわけにはいかないが、多くの人の記憶が刻み込まれたものが壊されるとき、継承すべきものかどうか、市民がもう一度、確認する場がほしい。

（２０１０年11月29日）

るなぱあくと臨江閣のひょうたん池をつなぐトンネルは円形だったが、補強工事に当たり、強度を重視する考えから四角形に変える案があった。これについて市の担当者が歴史遺産を研究する市民団体に意見を聞き、元に近い円形とすることにした。

視覚的表現にこだわり

萩原朔太郎の詩集のなかで、最も頻繁に手に取るのは『青猫』である。初版出版当時の装丁を忠実に再現したという『名著複刻全集』（日本近代文学館刊行）の一冊。収められた詩とともに、朔太郎自身が手掛けたとされる、黄色い表紙が特徴の装幀に強く引き付けられてきた。

〈絵に於ける額縁みたいなもの〉。朔太郎は装幀をそうとらえ、〈内容の絵と調和し、内容を引き立てることによって、補助的の効果性をもつのである〉とも言っている（「自著の装幀について」）。

写真や絵、図案などを残し、視覚的表現に強い関心をもった朔太郎らしいこだわりは、直接関わったかどうかを問わず、どの著書からも伝わってくる。

そのブックデザインについて〈額縁という範疇を超えて内容そのものになっている〉と指摘したのは朔太郎の孫で多摩美大教授の萩原朔美さん(69)＝東京都＝である(「映像の翻訳」)。

補助的な機能にとどまらず、作品の一部なのだという映像作家らしいとらえ方に触れ、合点がいった。そんな朔美さんが来年度から前橋文学館館長に就くという。

これまで朔太郎の顕彰に関わる催しに参加し、近年はビジュアル志向を掘り下げる取り組みを続けてきた朔美さんは「前橋市への恩返し。さまざまな企画を考えたい」と抱負を述べた。新しい視点による発信を期待したい。

(2015年11月30日)

萩原朔太郎は、自著の装幀のなかで〈いちばん気に入っている〉のは、唯一の短編小説『猫町』という。川上澄生にプランを示し、画筆をとってもらったが、〈よくぼくの意図するところを理解し、的確に詩精神をつかんでくれる〉と高く評価した。

詩とマンドリンのまち

〈きららかの黄金《きん》の楽器に憤る息を吹きこめ／冴え渡る銀の楽器に憧れの息を吹きこめ／ぬくもりの木の楽器には忘却の息を吹きこめ…〉

〝言葉の実験〟を重ね、現代詩の最先端を行く谷川俊太郎さんが詩集『手紙』（集英社）に収めた「奏楽」の一節だ。〈ぬくもりの木の楽器〉はどんな楽器をイメージしたのだろう。

谷川さんが『世間知ラズ』で第1回萩原朔太郎賞を受けてから14年。来月3日に15回目の受賞作品が決まる。前橋市制施行100周年を機に、郷土が生んだ詩人の業績を末永く顕彰するために設けられた文学賞。過去1年間に発表された作品の中から最も優れた現代詩に贈られる。

昨年秋、朔太郎生誕120年を記念して市内でマンドリン音楽祭が開かれた。実行委員会は市民参加型のイベントとして継続的に開催していくことを決め、今年は10月6、7日に開催される。

中心市街地をメーン会場にした街角ミニコンサート、市民文化会館での四重奏コンクールや県内外の楽団による演奏会で「マンドリンのまち前橋」を全国に発信する。

心の琴線に触れる言葉や音。こよなく愛した飴色の撥弦楽器に朔太郎はどんな息を吹き込んだのか。八本の弦が奏でる調べは独特の美しさを持つ。この秋、「水と緑と詩のまち」が再び澄んだ音色に染まる。

（2007年8月31日）

〈僕の青年期のすべての歴史は、全く音楽のために空費したやうなものであつた〉。萩原朔太郎はそう述懐している。詩作だけでなく、音楽にも大きな情熱を注いだ朔太郎の芸術活動は、「詩のまち」とともに「マンドリンのまち」をも生み出している。

朗吟の情感

前橋・敷島公園に立つ萩原朔太郎の「帰郷」詩碑を訪れ、〈わが故郷に帰れる日／汽車は烈風の中を突き行けり〉で始まる詩を声に出して読み上げたことがある。黙読では気づかなかった文語体独特の歯切れの良いリズム、響きが分かり、妻と別れ2人の幼子とともに帰郷する朔太郎の痛苦が実感を伴って伝わってきた。

この詩を収録する詩集『氷島』序文で朔太郎は書いている。〈すべての詩篇は「朗吟」であり、朗吟の情感でうたはれて居る〉。さらに〈僕には文章語が全く必然の詩語であつた。（略）他の言葉では、あの詩集の情操を表現することは不可能だつた〉（「『氷島』の詩語について」）とも説明する。

革新的な口語自由詩による第1詩集『月に吠える』と異なり、文語詩だけで構成した晩年の『氷島』に対しては賛否両論ある。辛辣なコラムで知られた山本夏彦さん〈故人〉は『完本　文語文』で『氷島』を〈文語文の妙〉と高く評価した。

文語詩は平安期以来、訓読漢詩とともに千年以上にわたって朗唱され、洗練されてきた。その歴史を踏まえ山本さんは『氷島』の詩語を〈文語のなかで生まれ育ち、独自な口語を発明した人の文語である〉ととらえる。

朔太郎の文語を通して、日本人の感性を育ててきた朗唱文化のもつ意味を見つめ直したい。

（2006年10月2日）

山本夏彦は少年の時、萩原朔太郎の文語詩「桜」に最も心を打たれた。〈私は萩原朔太郎の変わらぬ崇拝者で、中学一年のとき読んで百雷を打たれる思いをした。萩原は天才である、萩原の前に詩人なく、あとにもないだろうと少年の私は思った〉

豊かな文化への視線

日差しを避けて木陰に入ると、さわやかな風がほおを打つ。前橋市出身の詩人、萩原朔太郎の第1詩集『月に吠える』に、そんな心浮き立つ新緑の季節をうたった詩がある。

ああすっぱりといつさいの憂愁をなげだして／わたしは柔和の羊になりたい（略）若くさの上をあるいてゐるとき／わたしは五月の貴公子である（「五月の貴公子」）。

明るい草原を軽やかに散策する情景が浮かんでくる作品だ。朔太郎の「貴族趣味」が感じられる「貴公子」という言葉も、ここでは、自然にふれたときの心地よさを効果的に表している。

地方では異例のマンドリン楽団をつくり、外国製のカメラで写真を撮影し、本の装丁や家具のデザインにも取り組んだ。これらに共通するのは、「精神の豊かさ」を求める思いの強さである。

不安感が社会全体を覆うこの時代。朔太郎の詩や活動を追うと、私たちが持っていた感受性をいかに失ってしまったかということに気付く。随筆「喫茶店にて」で、こうも書いている。〈文化の伝統が古くなるほど、人の心に余裕が生れ、生活がのんびりとして暮しよくなる。(略)せめて巴里かロンドン位の程度にまで、余裕のある閑散の生活環境を作りたい〉。

10日には、詩人を忍ぶ「朔太郎忌」が前橋文学館で開かれる。詩業とともに、古びることのない文化への視点を学ぶ機会としたい。

(2009年5月8日)


萩原朔太郎は27歳の時、自宅の味噌蔵を改装して書斎とした。室内は西洋風の設えで統一し、自分でデザインした机、いす、書棚を置いた。部屋を見た室生犀星は後に「何から何までセセッション式(当時欧州で流行した美術様式)」と回想した。

絹産業を背景にした詩作品

〈ふらんすへ行きたしと思へども／ふらんすはあまりに遠し…〉で始まる萩原朔太郎の「旅上」が、生糸のまち前橋の隆盛と深く関わっていることを教えてくれたのは、萩原朔太郎研究会事務局長を長く務めた野口武久さんだった。

〈この土地にむせ返る産業構造を背景にして、生まれたものといっても過言ではない〉と「群馬の詩的風土」（みやま文庫『群馬の歴史と文化』）で書いている。

〈むせ返る産業構造〉とは、横浜開港以来、一番の輸出品となった生糸の主産地として、前橋の蚕糸業が活況を呈していたことをさす。横浜への生糸輸送を目的にした鉄道が前橋までつながったのは１８８４年。その2年後に朔太郎が生まれている。

「旅上」を発表した大正期は、前橋の製糸業が座繰りから器械製糸に転換し大規模化した時代だ。〈若い人々にとって西欧文化への憧れは「製糸」を通して早くから培われていった〉。野口さんはそう指摘した。

養蚕、製糸、織物に関わる遺産を群馬県が登録する「ぐんま絹遺産」の追加登録が決まり、計91件となった。県内全域に残る絹遺産の掘り起こしは重要な取り組みだ。

一つ提案がある。建物や遺物に限らず、朔太郎の詩業のような、絹産業を背景にした精神文化にも光を当ててはどうだろう。多分野にわたる遺産群への理解が一層深まるのではないか。

（2015年3月2日）

萩原朔太郎の絹産業に直接関わる作品として、自身が作曲したマンドリン独奏曲「機織る乙女」がまず挙げられる。「或る詩人の生活記録」では〈工場の煤煙が、凧のやうに吹き流れてゐた〉と当時、前橋に多くあった製糸工場を描写している。

朔太郎の創作活動に敬意

萩原朔太郎が詩壇に登場したのは今から100年前の1913（大正2）年、26歳のとき。

投稿した詩「みちゆき」など5編が、北原白秋主宰の雑誌『朱欒《ざんぼあ》』に掲載された。10年以上にわたりつくってきた短歌から〈思い出多きもの〉を集めた『ソライロノハナ』という自筆歌集も同じ年にまとめている。

詩人、評論家の大岡信さんは〈彼の短歌時代の終焉と抒情小曲の開始とがまさにぴったり重なり合う〉のがこの年であり、〈和歌の語法にある婉曲性や虚構性、それらが生み出す物語的雰囲気を（略）もののみごとに彼の抒情詩の中に引きついでいった〉ととらえる（『萩原朔太郎』）。

かつて商業施設だった前橋の中心街にある建物を改修した芸術文化施設「アーツ前橋」が先月、開館した。記念展のタイトルは、「カゼイロノハナ　未来への対話」。朔太郎の創作活動に敬意を表したという。

構想からここまで、多くの曲折があった。準備期間でも議論、試行錯誤が重ねられ、ようやく形になった同館を訪れた。古いものと新しいものが混在し、美術を軸に、文学、音楽、歴史、科学まで多分野に及ぶ作品の数々に圧倒された。

館内だけでなく街中でもプロジェクトを仕掛けるという。朔太郎が新しい一歩を踏み出したときを思わせる創造拠点の誕生である。これまでにない発想の文化的にぎわいを期待しよう。

（２０１３年11月４日）

「アーツ前橋」のコンセプトは「創造的であること」「みんなで共有すること」「対話的であること」。開館時、住友文彦館長は「１００年、２００年といった期間で施設運営を考え、地域の文化を長く継続、蓄積していくことが重要」と語った。

元吉に直接届けた手紙

前橋の詩人、萩原朔太郎は7歳下で同郷の詩人、高橋元吉に宛てた長文の手紙に、こんな言葉を添えた。〈小生は明朝早く出発します、お返事を今夜又は明朝にいただくことができれば幸甚です〉。

郵送ではなく、朔太郎が自宅から歩いて数分の場所に住む元吉のもとに直接届けたものだ。元吉も求められた通り、返信を萩原家の郵便受けに投函したに違いない。

長く親交を続けた2人は、朔太郎が第1詩集『月に吠える』を出版した1917（大正6）年前後の3年間、そんな異例の方法で頻繁に往復書簡を交わしている。

20通近くあるこの時期の元吉宛て朔太郎書簡（『萩原朔太郎全集』第13巻）を読んだ。文学、思想、信仰に関わる所信を赤裸々に告白しており、詩への並外れた情熱に圧倒された。尊敬する理解者に向け手紙をすぐに渡したいという切実な思いも想像できた。

同じころ朔太郎が別の詩人に書き、昨年発見された書簡2通（前橋文学館で公開中）からも、日本近代詩を変革したいという強い意欲が伝わってきた。

詩壇の閉鎖性を痛烈に批判し、〈（やりたいのは）日本の詩をして、ほんとの「正しい方角」へ導いてゆくこと〉だとつづった。１００年前、画期的な詩集を世に出した詩人がその時、何を考え、どんな理想を描いたのか。元吉への書簡と新発見資料を基にもう一度考えたい。

（２０１８年１月７日）

書簡を交わした当時、朔太郎は30歳、元吉は23歳。朔太郎にとって、文学観、性質とも全く異なったが、郷土で自身の思想、詩論を深く理解してくれる存在は元吉のほかにいなかったのだろう。伊藤信吉さんは書簡を「人生的情熱の書」と評価した。

萩の餅の復活を

酒を愛し、草を枕として放浪する。文人墨客といえば、さしずめそんなイメージだが、意外にも甘党の人が少なくなかった。

アララギ派の歌人、斎藤茂吉は干し柿を好んで食べた。それも、ふるさと山形県の紅柿を干したもので、地元では「ころ柿」と呼ばれている。適度な歯ごたえと自然の甘さがこたえられなかったようで、ほうじ茶をすすりながら、舌鼓を打ったという。

群馬町の群馬県立土屋文明記念文学館には、同町出身の歌人、土屋文明が生前暮らした東京・南青山の書斎がそっくり移築されている。落ち着いた部屋の中央に据えられた応接セットのテーブルには、愛用のミルクカップと、晩年好きだったというカステラが、そっと置かれている。

甘いもので、創作の疲れをいやしたのだろう。茶やミルクを飲みながら、おやつをほお張り、ひと息入れる文人たちの様子がほうふつとしてくる。

前橋にも明治、大正期に名物として知られた「萩の餅」があった。詩人、萩原朔太郎の詩「波宜亭」の舞台となった茶店で出されていた和菓子だ。現在の前橋中央児童遊園（前橋るなぱあく）の敷地内にあった波宜亭は、高尚な雰囲気の茶店。葛や白玉を混ぜて作っただ円形のもちに、ごまをまぶしたり、白あんなどを包んだ萩の餅は、上品な味で人気を呼んだ。

最近、創業者の子孫宅で製法メモが見つかったことから、市民の間で復活させようという声が上がっている。

「ぐんまの菓子フェスティバル」が、あすから県庁・県民ホールで開かれる。県内の銘菓を一堂に集め、製作実演や展示を行う初の試みだという。昔から名産品が少ないと言われる群馬だが、かつて文人の味覚にもかなった懐かしい品々が、出品されるかもしれない。

（2000年10月4日）

波宜亭の「萩の餅」は、『前橋繁盛記』（明治43年刊行、豊国義孝編）には、片原饅頭と並ぶ前橋の名物としてこう紹介されている。〈東照祠畔坡宜亭にて多年之れをひさぎ味の濃淡自在なるを以て名あり、毎日曜日各学生の来たり味ふ者多しとかや〉

詩的遺産とまちづくり

豆汽車に飛行塔、回転木馬…。子供たちの心をとりこにする遊具がいっぱいの前橋市中央児童遊園が、きのう「前橋るなぱあく」としてリニューアルオープンした。名前は萩原朔太郎の詩『遊園地（るなぱあく）にて』に由来する。

１９５４（昭和29）年11月の開園というから、ちょうど半世紀になる。木馬などの小型遊具が一回10円、ほかはすべて50円。「公営の有料施設では、日本一安い遊園地ではないか」とは、関係者の話。

そこには、明治から大正にかけて、文学青年らが通った茶店「波宜亭」があった。〈少年の日は物に感ぜしや　われは波宜亭の二階によりて　かなしき情歓の思ひにしづめり〉と、朔太郎の詩にも登場する。

この建物を復元し、前橋の魅力を再発見しようと、多彩な取り組みをしているのがＮＰＯ法人「波宜亭倶楽部」（野本文幸理事長）だ。ネーミングに復元への意気込みがこもる。

前橋文学館で、同倶楽部が開いた講演会を聴いた。「朔太郎と前橋」をテーマにした６人の話は、詩人が行きつけにしていたレストラン、初恋の人エレナなどが取り上げられ、前橋や朔太郎への熱い思いにあふれていた。

市内では、まちづくりを考える市民団体「コムネットＱ」（大橋慶人代表）の「まちかど探検隊」も朔太郎ゆかりの地を散策した。偉大な郷土の詩人が、身近になってきた。

（２００４年４月２日）

波宜亭は正しくは「坡宜亭」で、萩原朔太郎が詩にする際に「波宜亭」とした。元前橋藩士、山本郷樹さんが明治18年前後に創業したとみられる。木造３階建てで、１階は厨房、２、３階は座敷部屋。１９２２（大正11）年まで営業していた。

詩人の古里を再発見

街の木々がようやく色づき始めた秋の日に、前橋市街地の広瀬川沿いを歩いた。平日の午後とあって、行き交う人はほとんどいない。瀬音だけが心地よく響いていた。河畔の広瀬川美術館に入った。画家、近藤嘉男さんのアトリエ、絵画教室として使われていた趣ある建物。川に面した北側が全面ガラス窓になっていて、柔らかい光が入るように工夫されている。

館長代理の近藤節さんに1925年製のぜんまい式蓄音機でSPレコードを聴かせていただいた。「ラブミーテンダー」は、エルビス・プレスリーの息遣いが聞こえてくるような繊細で豊かな音色である。

NPO法人「波宜亭倶楽部」は、中心市街地のにぎわいを取り戻したいと、前橋市千代田町の商店街できょうまで「るなぱぁくふぇすた」を開く。紙芝居や大道芸などで買い物客を楽しませる。

同倶楽部は萩原朔太郎ゆかりの茶店「波宜亭」を復元させ、街づくりに役立てようと運動している。イベント名も朔太郎の詩「遊園地（るなぱあく）にて」から採った。詩人の古里を再発見したいという意図が伝わる。

買い物のついでに街を歩いてみよう。車で通り過ぎていたのでは分からない発見がある。自分たちの街の歴史に誇りを持ち、現在によみがえらせようとする視点は街づくりに欠かせない。

（２００５年11月６日）

広瀬川美術館の建物は画家の近藤嘉男さん（１９１５～７９年）により１９４８年に建設。近藤さんの没後、修復され、１９９７年から遺族により美術館として開館。１９９９年、国登録有形文化財に登録された。まえばし都市景観賞も受賞している。

沈黙の語り部

前橋市がキャッチフレーズにしている〈水と緑と詩のまち〉に最もふさわしい場所はどこだろう。そんなことを考えながら、繁華街の雑踏を逃れて、広瀬川河畔の緑地を一人歩いた。

久しぶりの強い夏の日差しを浴びて、宝石をちりばめたように輝く川面に、岸辺のシダレヤナギが揺れて映る。緑のトンネルに延びる散策路を時折、吹き抜けるさわやかな風。「広瀬川白く流れたり／時さればみな幻想は消えゆかん…」。思わず萩原朔太郎の詩の一節が口をつく。

緑道にはたくさんの文学碑がある。朔太郎をはじめ詩人の伊藤信吉、東宮七男、俳人の相葉有流、歌人の木下謙吉らの作品を刻む。自然石をそのまま利用したもの、美しく磨き上げた御影石などいろいろ。形も楕円や長方形と実に表情豊かだ。

川沿いの前橋文学館は、それらを『沈黙の語り部』と名付けて、特別企画展を開催している。文献資料と市民からの情報、調査研究をもとに、市内の文学碑136基を網羅し、パネル写真などで紹介。万葉歌から芭蕉句、現代詩まで時を超えて鑑賞できる充実した内容だ。

東宮の詩碑「花なればこそ」は、彫刻家の高田博厚の設計。朔太郎の詩碑「広瀬川」の左側の支柱は、生家に使われていた門柱の廃物利用だという。こうした建立にまつわるさまざまなエピソードが、展示を一層楽しくしている。

文学碑巡りに役立ててもらおうと、同館は写真に地図、解説などを添えて、ハンドブックとして一冊にまとめた。敷島公園や寺社の境内、学校の庭など、訪ねた先でこの夏、思いがけない文人との語らいができるかもしれない。

（1998年8月16日）

前橋で詩碑が最も多い詩人はもちろん萩原朔太郎である。「帰郷」「広瀬川」「才川町」「月夜」「新前橋駅」「利根の松原」などが建立されており、このほか、「大渡の碑」「前橋望景の碑」、朔太郎生家跡碑、前橋文学館前の朔太郎像などもある。

近代化への危機意識

詩人、萩原朔太郎が前橋を舞台に書いた郷土望景詩に「小出新道」という作品がある。だが、前橋にこの名の道は実在せず、朔太郎の造語といわれている。では、どの道のことなのか。

元前橋市立図書館長の佐藤寅雄さん（78）は、自費出版した『岩神風土記』で、国道17号沿いの住吉町交番前と上毛会館を結ぶ「岩神五間道路」（1920年開通）と推定している。

詩の一節「暗鬱うつなる日かな／天日家並の軒に低くして／林の雑木まばらに伐きられたり」の雑木が、上毛会館付近にあった「観民山」と呼ばれる雑木林の風景とみられることが根拠になった。そこは佐藤さん自身が幼いころから遊び、親しんだ場所だった。

新道の場所をめぐっては、岩神五間道路を含め、研究者の間で諸説ある。佐藤さんの説にひかれるのは、生まれ育ったこの地への深い愛情と、親しんだ風物が失われることへの言いようのない痛みが伝わってくるからだ。

五百数十ページにも及ぶ同書は、開発などにより岩神町が大きく変ぼうするなか、地域にとって本当に大事なことが忘れ去られてしまうとの危機感から、あらためて町内を歩きまとめた労作である。

急速な近代化に対する危機意識は朔太郎の「小出新道」にも表れている。それは、近年のまちづくりへの警鐘とも受け取れる。


（２００４年５月10日）

〈あまりにも無残な一面の焼野が原でした〉。佐藤寅雄さんは『岩神風土記』で、20歳の時に経験した前橋空襲の被害も詳細に記録した。〈二度とこのようなことがあってはならないと念じ、なんとしても伝えておかなければ〉との思いからだった。

煥平堂ギャラリーの閉鎖

高崎市のクラシック喫茶「あすなろ」が四半世紀にわたる活動の幕を閉じた時、高校時代からの常連客はがく然とし、こう思ったという。「あすなろを閉店させたのはわれわれだ」と。

前橋市の老舗書店、煥平堂の4階ギャラリーが経営再建のため閉鎖されると聞き、大きなショックを受けた。そして閉鎖に追い込んだのは書店に通っていたわたしたちなのだという気持ちになった。

ギャラリーは40年前、旧店舗3階の一角に設けられた。元常務の岡田芳保さんが中心となり、著名画家たちの作品を紹介しながら、音楽、文学、現代美術講座などを次々と開催した。

群馬交響楽団員による演奏会や詩の朗読会などを展開したあすなろと同様に、世代を超えてさまざまな分野の人たちが集い、刺激を受け合う「場」となっていた。

3年前に亡くなった前橋市出身の詩人、伊藤信吉さんが、帰郷するたびに立ち寄り、ソファでくつろいでいた。伊藤さんを引きつけたのは、目に見えない場の空気だったのではないか。そのギャラリーは、開催中の収蔵作品展の後、楽器売り場となる。

郊外への大規模な開発計画が打ち出され、前橋は大きく変貌しようとしている。まちにあったギャラリーが発信し続けてきた、経済性とは別の価値観がいかにかけがえのないものだったか、今になって気づく。

（2005年4月30日）

煥乎堂ギャラリー運営の中心となったのが煥乎堂元常務の岡田芳保さん。道路をはさんで向かいにあった旧店舗3階にあったギャラリーで数々の展覧会を企画し、講演会など文学イベントも開催。1993年に新店舗4階に移ってからも続けられた。

元吉の精神宿る旧店舗

建物の入り口にある小さな縦長の手洗いを横目に店内に入ると、中央の吹き抜けに、太い円柱を巻き込むようにらせん階段があった。

前橋市本町の書店、煥乎堂本店の旧店舗。１９９３年に本店が道路向かいへ移転した後、しばらくして１階部分が、２００５年に建物全体が取り壊された。

小さいころから親しんだ店のたたずまいを、購入した多くの本とともに思い出すことがある。ほかでは経験できない知的な刺激を受ける特別な場所だった。

それは、明治初めに創業した老舗であり、戦前、戦後にわたって経営に携わり、萩原朔太郎と交流した詩人、高橋元吉の精神が生かされているから、と感じていた。

１９５４年に建てられた店舗の設計者である建築家、白井晟一（１９０５～83年）

の企画展「精神と空間」が高崎市の群馬県立近代美術館で開かれている。

建築作品に関連する写真、ドローイング、模型などのなかにある、煥乎堂旧店舗の正面玄関とらせん階段をとらえた写真や図面を前にして、建物そのものがもつ力に気付かされた。

白井は若き日、ドイツに留学して哲学を学び、帰国後、建築の道に入った。その独創的な建築作品の底にある詩情にふれると、設計を依頼した元吉の美意識と芸術への深い理解が重なり合ってつくられた建物だったことが実感できる。（２０１０年９月19日）

煥乎堂旧店舗にあった「手洗い」には、ラテン語で「PVRO DE FONTE」（知識の湧く泉）と刻まれた。白井晟一と高橋元吉の思いがこの言葉に込められたのだろう。１９９３年に現店舗に移転した際、この手洗いは正面玄関右側に移設された。

朔太郎の散歩道

生涯の大半を郷土前橋市で過ごした詩人、萩原朔太郎は、毎日のように市内各所を巡り歩いた。

萩原朔太郎研究会事務局長の野口武久さんが朔太郎の妹、津久井幸子さん（故人）に聞いたところでは、散歩コースはほぼ決まっていた。まず北曲輪町（現千代田町一丁目）にあった自宅前の裁判所通りを県庁に向かい、旧制前橋中学校、前橋刑務所近くから利根川の河原に下りた。

大渡橋横を通って敷島公園へ。岩神五間通り、向町通り（平和町）から広瀬川にかかる石川橋、波宜亭（前橋るなぱあく内）、前橋公園を回って帰宅した。多くは「郷土望景詩」の舞台になっている。かつての落ち着いた風情をしのばせる場所もあり、前橋の隠れた名所と言っていい。

散歩コースの起点となる「裁判所通り」（通称）が5月から「朔太郎通り」に改められることになったと聞いて、通りをあらためて歩いてみたくなった。前橋地裁前から高層マンションが建設されている朔太郎生家跡までおよそ５００メートル。

そのまま国道17号を渡ると、古い地名が使われている片原通り。さらに進むと、前橋藩の時代に馬の調教場があったことからついた馬場川通りにつながる。

そこに住む人々の物語、歴史や文化を伝えてくれる呼び名があるだけで、町に奥行きが感じられ、散策の楽しさは増す。


（２００６年4月30日）

萩原朔太郎生家跡地のマンション建設問題で、２００４年5月、市民団体が市に、予定地を取得し「萩原朔太郎記念公園」として整備することなどを求める陳情を行った。これに対して市は、要望の一部だった「朔太郎通り」への改称のみ実施した。

臨江閣周辺の景観

1937（昭和12）年2月、前橋に帰郷した50歳の萩原朔太郎は、東京からの詩人らとともに市内を散策した。

この時の思いをつづった「物みなは歳日と共に亡び行く」で朔太郎は嘆いている。〈郷土望景詩に歌つたすべての古蹟が、殆ど皆跡方もなく廃滅して、再度また若かつた日の記憶を、郷土に見ることができない（略）〉

郷土望景詩11篇は朔太郎が愛した前橋が舞台である。このうち「波宜亭」「公園の椅子」「小出新道」などでうたわれ、かつての面影が辛うじて残る臨江閣周辺の景観が今、大きく変貌しようとしている。

2008年開催の「全国都市緑化ぐんまフェア」の会場整備と道路拡幅のためだ。

前橋市は「明治期の雰囲気を残したい」というが、臨江閣南の閑雅なひょうたん池が一部埋め立てられると聞くと、本当に大切なものが失われてしまうのではないかと心配になる。

「小出新道」について詩人は解説する。〈過去の懐かしい夢や記憶が、無慚に皆破壊されたことの悲哀と（略）時代の流行思潮に逆行し（略）愚かな夢を持ち続けて（略）生活してきた私の過去を、多少悲憤の調子で叫んだのです〉（「現代と詩精神」）。

きょう1日、生誕120年を迎える朔太郎の詩と思索は輝きを失わず、この時代を生きる人間の在り方を問い続けている。

（2006年11月1日）

萩原朔太郎は「物みなは歳日と共に亡び行く」で、昔ながらに変わらぬものは広瀬川の白い流れ、利根川の速い川瀬、国定忠治が立て籠った赤城山があるばかりとし、波宜亭も〈既に今は跡方もなく、公園の一部になつてしまつた〉と嘆いている。

文人たちを引き寄せる地霊

一つの限られた地域でこれほど多くの文人たちが往来した例が全国にあるだろうか。前橋の臨江閣周辺のことだ。明治、大正、昭和にかけて、萩原朔太郎、高橋元吉、伊藤信吉ら地元の詩人だけでなく、室生犀星、草野心平が一時住み、北原白秋、若山牧水らも訪れている。ほかにも挙げていけばきりがない。

なぜか。朔太郎の存在が大きいが、それだけでは説明がつかないと以前から思っていた。東京駅舎復元などにも関わった建築史家、鈴木博之さん（故人）の『東京の「地霊（ゲニウス・ロキ）」』（文芸春秋社）を読み返して、疑問が少し解けた気がした。

大地に宿る霊的な存在を意味する「地霊《ちれい》」について鈴木さんは〈その土地のもつ文化的・歴史的・社会的な背景と性格〉や〈目に見えない潜在的構造〉を解読するため

の先鋭的な概念ととらえ、実例として上野公園などの歴史を紹介している。

明治期に建てられた近代和風建築・臨江閣とその周辺が多くの人たちを引き付けてきた理由の一つに〈目に見えない潜在的構造〉を加えると、この土地が一層、魅力を増してみえる。

臨江閣が国重要文化財に指定されたのを記念して、研究者や市民が保存・活用の在り方を語り合うシンポジウム「未来へ贈る」が25日に臨江閣別館である。学術的な評価とともに、多様な観点でその価値を捉え直す機会になればと思う。

（２０１８年11月24日）

臨江閣本館、別館、茶室は２０１８年８月、明治期の地方における迎賓施設の展開を理解する上で、高い歴史的価値を有するとして、国の重要文化財に指定された。昭和40年代には、取り壊され、そこに４階建てのビルが建てられる計画もあった。

朔太郎と前橋

詩人の草野心平は昭和初め、2年余り前橋で生活し、先輩詩人の萩原朔太郎と親しく交流した。その時期のことを「前橋での朔太郎さん」でこう回想している。

〈あれはなんといふ町だつたか。色町のなかの小谷といふ居酒屋で私たちはよく飲んだ。(略) 飲みながら議論をし、議論をしてはのんだ〉。

酒を酌み交わし、語り合う2人の詩人の姿が浮かんでくる。草野にとってよほど愛着のある店だったのだろう。別の文章でもこの名を挙げ、詳しく描写している。

「小谷」はどこにあったのか。前橋を拠点とするNPO法人「波宜亭倶楽部」がまとめたガイドブック『朔太郎と前橋』(前橋文学館発行)によれば、現在の馬場川通り沿いで、夜になると、あたりは三味線の音や客引きの声で活気づいたという。

朔太郎が詩や短歌で詠んだゆかりの場所、建物や、実際に通ったとされる飲食店から理髪店、銭湯まで111カ所を解説文と写真、図で紹介する同書は、倶楽部の会員たちが足を使って調べ上げた労作だ。明治から昭和にかけてのまちのにぎわいや、人々の暮らしが臨場感をもって伝わってくる。

特に目を引くのは、文人たちが集い、交流し、刺激を受け合った喫茶店や酒場などのたまり場を積極的に取り上げたことである。歴史に刻まれることなく失われ、忘れられてしまう恐れがあった「文化の拠点」が本のなかでよみがえった。

（2009年6月12日）

『朔太郎と前橋』には、朔太郎らが訪れた広瀬川河畔の喫茶店「オゴニカ」、夢二と会った喫茶店「ツボ」、贔屓にした「すし長」、草野心平らと行ったバー「黒猫」（場所不明）、居酒屋「どん底」（同）など、知られざる店が取り上げられている。

詩人たちの記憶刻まれた橋

〈飾りっ気がないんだ、／この橋は〉

詩人、伊藤信吉さんの没後10年記念展「風の詩人に会いに来ませんか」（群馬県立土屋文明記念文学館）で、「広瀬川・石川橋で」という詩の一節に引き付けられた。

１９９６年、ＮＨＫの番組「小さな旅」に出演した際、書き下ろした作品である。臨江閣北側にあって大正期の面影を残すこの橋からの風景を、90歳だった伊藤さんは〈以前のまんまだ〉とし、こうつづる。

〈渡ってすこし先の方にいた彼。／渡ってすぐ左に折れた所にいた彼。／渡らないで手前を左に行った所にいた彼。（略）みんなはるかになって〉。

添えられた解説によれば、「彼」らとは、若き日、周辺を舞台に交流した杉田謙作、横地正次郎、草野心平の3人だという。昭和初めに前橋に移り住んだ草野が横地とともに詩誌『学校』を創刊。2号から伊藤さんが編集に加わり7号まで発行し、さらに、アンソロジー『学校詩集』を単独編集した。

〈私は『学校』の詩人たちやこの雑誌にのった作品から（略）めざめるような刺激を受けた〉〈ここには囚われたものや呪縛されたものがなく、精神の自由そのままの呼吸がある〉（『逆流の中の歌』）。

〈飾りっ気がない〉橋にはそんな、詩人たちのにぎわいの記憶が刻まれている。「詩のふるさと前橋」にとってかけがえのない場所の一つである。

（2013年1月24日）

7号まで出た詩誌『学校』の発行場所は、創刊号から4号までが臨江閣近くの石川橋北西に位置する「前橋市神明町54」の横地正次郎宅、5号が西側にある「前橋市神明町69」の草野心平宅。石川橋周辺は、心平の仕掛けた詩運動の拠点ともなった。

手書き文字が伝えるもの

前橋のまちなかの広瀬川河畔を歩いていると、詩人の久保木宗一さんに呼び止められ、できたばかりの詩集『前橋憧憬』をいただいた。開くと、手書きの文字が並んでいた。

目次にあるのは、才川通り、桃木川、臨江閣、煥乎堂…と、市民にとって身近な場所や施設の名ばかり。数年前に市役所を定年退職後、生まれ育った前橋への〈望郷の念や懐かしさがこみあげ、書きためた〉作品だという。

東日本大震災後、お金をかけて詩集をつくることが〈空しく感じられ〉るようになり、自分で手書きした原稿をそのまま印刷し少部数発行することにした。

多く描かれるのは、すでに失われてしまった前橋の風物だ。手書きの文字からは、〈自らの手で自らの大切なものを壊して〉しまうことへの憤りと悲しみが伝わってくる。
その一篇「石川橋辺り」は、臨江閣北の広瀬川に架かり〈古きまま（略）苔むして〉いる石川橋への思いをつづっている。今年、生誕130年となる萩原朔太郎ら文人が往来した大正期をしのばせる小さな橋、川岸に木々が茂る広瀬川の景色は、数少ない前橋の名所の一つである。
そんな橋が、道路拡幅のため来年度にも架け替えられる。市の担当課は「面影を残すよう橋のデザインを考えたい」という。手書き文字が訴える〈大切なもの〉への、できる限りの配慮がほしい。

（2016年5月16日）

久保木宗一さんは、前橋市の「前橋学ブックレット」の一冊『詩のまち　前橋』（2018年9月発行）を執筆。そのなかで〈（最高峰の詩人が活躍した）前橋は、近代詩を確立した場所であり、現代詩を生み出す原点でもあった〉と指摘した。

前橋の奥深さをとらえる

前橋市出身の詩人、伊藤信吉さんが臨江閣近くの広瀬川にかかる石川橋に手を添えている写真がある。

大正期の面影を残す石橋の後方には、両岸に木々が生い茂る広瀬川の風景が見える。20年ほど前、前橋文学館で開かれた伊藤信吉展の図録の表紙に使われた一枚だ。

見慣れていた風景が、これほど魅力的な面をもっているとは、と驚かされ、以来、筆者にとって前橋で最も大事な場所の一つになった。撮影したのは写真家、平山利男さんである。

この少し前、同市が市制百周年記念事業として出版した『写真集前橋』にも、歴史が刻まれた風格ある煉瓦倉庫や古い洋服店などを写した多くの作品が掲載され、心引かれたのを覚えている。

その平山さんが昨年11月、80歳で亡くなったと聞いて、すぐに浮かんだのが石川橋の風景だった。前橋市生まれ。31歳でフリーの写真家となり、障害者、足尾銅山、公害、白根開善学校、廃校や文学遺産、道祖神、国民文化祭まで幅広い題材を選び優れた仕事を残してきた。

繰り返し見てきた上野村の小学校分校の児童を追った写真集『すりばち学校の子供たち』（1970年刊）を開いた。今回、強く印象に残ったのは、子供たちの底抜けの笑顔とともに、厳しくも豊かな自然の風景だ。思わぬ角度から前橋の奥深さをとらえた写真家の目がそこにもあった。

（2017年1月9日）

『写真集前橋』の表紙と箱の写真に使われている緑色の不思議な模様は、「水道タンク」と呼ばれ親しまれている敷島浄水場の配水塔・貯水槽の銅板表面だ。前橋の宝を通常とな異なった角度からとらえた平山利男さんと編集者のセンスが光る。

石川橋架け替えに思う

以前から一度経験したいと思っていた。前橋の臨江閣北側の広瀬川に架かる石川橋を川底から眺めるという、願ってもない機会に恵まれた。

流水が止められるのに合わせて行われた見学会でのことだ。経年のため傷みは目についたが、大正期の面影は変わらず、延長12メートルほどの小さな橋に一層、親しみを感じることができた。

つくられたのは１９１５（大正４）年。糸のまち前橋の製糸販売額が急激に伸びる時期だ。広瀬川の北部に集中していた製糸工場で生産された生糸、繭を南部に運び、鉄道輸送するため、橋は重要な役割を担った。石川橋もその一つである。

詩人、萩原朔太郎が毎日のようにこの橋のあたりを散策した。朔太郎に師事した伊藤信吉さんが心を寄せた場所でもあった。周囲の落ち着いた風情に愛着を持つ市民は少なくない。

橋は区画整理による市道の拡幅に伴い秋にも架け替えられることになった。すぐ隣で新橋の建設工事が始まっている。惜しむ市民の声を受け、市はこれまでのデザインを踏襲し、欄干の一部を別な場所に保存する計画もあるという。

橋をあのまま保存できないのは残念だ。しかし、前橋の煉瓦倉庫が次々と壊された時とは違い、せめて雰囲気だけでもと配慮されたことは救いだった。人々の記憶が刻まれた建物や街並みを残す機運がより高まればと願う。

（２０１９年３月24日）

石川橋の架け替え工事は２０２０年７月に完了、古い欄干は、前橋るなぱあくとひょうたん池を結ぶトンネルの上に移転保存された。新橋も以前の雰囲気に近い造りになった。歴史的建物をどう守ったら良いのかを考えるモデルケースの一つだ。

「詩《うた》のまち前橋」地図

「詩《うた》のまち前橋」は前橋市のキャッチフレーズの一つである。前橋というまちの特徴であり、目標とするまちづくりの大きな要素として使われている。

しかし、いつから、どんな経緯で言われるようになったのかということは、あまり知られていない。その成立過程や担った人々の活動を総合的にとらえる「地図」づくりは、前橋の歴史・文化の特質、これからのまちのあり方を考えるうえで重要な意味をもつ。

本稿では、その地図の前提となる基本情報をもう一度整理し直して、そもそも「詩のまち」とは何なのか、考えてみたい。

いくつもの要素が結びつく

「詩のまち」とは、どんなまちなのだろう。要件としてまず挙げなければならないのは、多くの優れた詩人を輩出し、その文学遺産が体系的に収集保存され、詩を愛する人たちによって研究・顕彰活動が盛んに行われている

――などだろう。

これらを満たしている例は前橋以外にあるかもしれない。しかし、その満たし方において上回るまちが存在するだろうか。これほど多数の詩人を生んだ土地はほかになく、一人一人の資質も際立っている。

さらに注目すべきは、前橋にゆかりのある群馬県外の詩人たちの顔ぶれである。日本の近、現代詩の歴史で重要な位置を占める人々たちが続々と訪れ、この地の詩人たちと交流し、まちや風物を題材にした作品を残しているということも、前橋ならではの特徴だ。

これを実現させた一番の〝功労者〟は、萩原朔太郎である。

日本の近代詩史に刻まれることにとどまらず、世界的な評価を得ている朔太郎の詩業が、郷土の前橋に有形無形に多大な影響を与えてきた。

しかし、それだけで詩のまちが誕生したわけではない。

気候・風土、臨江閣周辺をはじめ、利根川、広瀬川畔、敷島公園など水と緑が豊かなまちのたたずまい、この土地の文学者たち、朔太郎の研究・顕彰のための精力的な活動、地元新聞社の詩歌を軸にした文学運動、蚕糸業の繁栄とその文化的・歴史的・社会的な背景―

など、いくつもの要素が挙げられる。

これらが有機的に結びつき、枝を伸ばし、花を咲かせ、果実を実らせ、多くの詩に関わる人々を結び付けることにより、他に例を見ない詩のまちが形成された、ととらえるべきだろう。

藩主が詠んだ「前橋十二景」

「詩のまち」の源流をたどると、朔太郎以前にも、いくつもの史実、取り組みが見いだされる。

まずは日本最古の和歌集である『万葉集』の「東歌」のうち、上野国歌が古代東国のなかで飛び抜けて多いこと。群馬には多数の大型古墳が残され、東国の中心地、文化の先進地とされるが、詠歌もまた古くから盛んな土地であったといえるだろう。

江戸時代中期、前橋藩第五代藩主の酒井忠挙が前橋城北郊に別荘「観民亭」を設け、そこから見える風景を「前橋十二景」と呼び、和歌にして残したことも、詩のまちを語るうえで欠かせない文化的成果である。

十二景には赤城、榛名、浅間、伊香保温泉、利根川、広瀬川、前橋城など郷土の豊かな自然、人々の営みへの温かなまなざしが表現されており、前橋の歴代藩主で一番の名君と評される忠挙の風流を解する詩心が伝わる。

江戸時代後期には、歌人では尾高高雅、俳人では松井素輪らが活躍し、幕末期の俳人として、藍沢無満、天野桑古らが知られた。萩原朔太郎以前に、そうした詩歌を愛する人たちの蓄積がこの地にはあった。

国際的な生糸のまち

朔太郎が前橋に生まれたのは1886(明治19)年である。この時代の前橋はどんなまちだったのだろう。

1884(明治17)年には上野―前橋間の鉄道が開通する。幕末の横浜開港に伴い日本の第一の輸出品となった生糸の最も有力な生産地が養蚕、製糸業が盛んな前橋だった。その前橋と東京を結び、貿易港の横浜まで生糸を輸送するため、最優先でこの鉄道敷設が進められたのである。

それまで利根川などの舟運に頼っていた生糸輸送は大幅に拡大、前橋の製糸業は急激な成長を遂げ、製糸工場が続々と開業する。当時、ヨーロッパ商人の間では、質の高い日本生糸として「マエバシ」の名が使われた。

1889(明治22)年の町制施行で前橋町が誕生し、1892(明治25)年には前橋市制が施行される。関東では東京、横浜、水戸に次いで4番目である。朔太郎の幼年、青年期の明治20年代は、前橋が国際的な「生糸のまち」として、製糸を軸とする産業都市へと大きく発展していく時期だった。

江戸時代、利根川の氾濫などのために100年もの間、領主が不在となり、さびれたこともあった。しかし、幕末からの蚕糸業の急激な発展により、まちは大きく変貌し、にぎやかさを取り戻していた。

新しい精神文化が前橋に

この活況は前橋に経済的な繁栄とともに、それまでにない精神文化をもたらした。横浜で活躍する前橋の生糸商らによって、キリスト教をはじめとする西欧の近代的な思想、文化が直接この地に流入したのである。

1917(大正6)年、朔太郎の第一詩集『月に吠える』が出版された。その直後、前橋の製糸販売額はピークに達する。

朔太郎はそんな郷土前橋をどうとらえたのか。一言で表現すれば、「愛」「憎」という相矛盾する感情である。「退屈な、刺激のない、単調な田舎」「荒寥地方」と受け止め、絹産業で活気にあふれたまちへと変化していることに対しても、否定の言葉を残している。

一方で、そのまちを舞台に、詩をつくり、

文学と音楽を中心とする文化運動をおこしている。これにより詩人たちが出会うきっかけが生まれ、全国でも例のない詩的にぎわいへとつながった。

朔太郎が成し遂げた世界レベルの言語実験や近代的苦悩の主題化などの背景には、前橋の絹産業の繁栄があり、詩人自身が本意であるか否かにかかわらず、その豊かな創作世界に郷土のありようが少なからぬ影響を与えたことは間違いない。

詩的にぎわいの主役たち

萩原朔太郎とともに詩的にぎわいの主役となった詩人たちを見ていくと、その多彩さにあらためて圧倒される。

高橋元吉、平井晩村、萩原恭次郎、伊藤信吉らは、それぞれが他に追随を許さない独自の世界を構築した。前橋にゆかりのある旧群馬町生まれの山村暮鳥も、朔太郎とも親交を結んでおり、主役の一人である。

来訪、来住した人物に、室生犀星、北原白秋、草野心平らがいる。いずれも日本を代表する詩人である。歌人、若山牧水も朔太郎家を訪問しており、赤城山を幾度も訪れた高村光太郎とともに大きな足跡を残した文人として挙げられる。

活動は詩人に限らない。短歌の大沢雅休、須藤泰一郎、俳句では、松井素輪、天野桑古、倉田萩郎、関口雨亭、高橋香山らが際立った仕事に取り組んだ。

しかも、これらはにぎわいのなかのごく一部に過ぎない。それぞれと接点をもつ多数の詩人、歌人、俳人たちが時代ごとに往来し、さまざまな形で刺激を与え合ったのである。

渋谷国忠が研究・顕彰を推進

萩原朔太郎の詩業を研究・顕彰する活動が前橋で精力的に続けられてきたこともまた、詩のまちの重要な要素となる。

その中軸となったのは1964（昭和39）年に前橋で発足した「萩原朔太郎研究会」である。前橋市立図書館長だった渋谷国忠が中心となって研究者や関わりをもつ人々により立ち上げられ、前年から前橋市で始められた朔太郎忌には毎年、朔太郎ファンが集い、多岐にわたる成果を残してきた。

さらに研究会発足以前から、渋谷らが「萩原朔太郎資料センター」を前橋市立図書館内に設け、収集・保存活動を続けたことも極めて大きな意義がある。それにより重要資料が散逸を免れ、研究のための態勢が整えられることにつながり、1993（平成5）年の前橋文学館開館のために不可欠な蓄積となった。

文学を重視した地元メディアが与えた影響も小さくない。

1887（明治20）年、前橋で創刊した上毛新聞は、群馬県を取材エリアとする地方紙である。当初から一貫して地域に根差した編集を基本方針としており、それに沿う重要テーマの一つが「文芸」だった。

「生糸のまち」を拠点とするため、創刊時から絹産業、絹文化の振興に最も力を入れてきたが、発行を軌道に乗せるなかで、文芸をそれと並ぶ〝目玉〟と位置付け、詩人、俳人らの活躍と市民の詩歌への関心の高まりを背景に詩歌、小説などを積極的に掲載した。

その姿勢を明確に示す取り組みが、1910（明治43）年8月に第1面で始められた文芸欄だった。当初は1段のスペースだったが徐々に拡大し、詩、短歌、俳句、漢詩の発表の場として定着させた。

この文芸欄を拡大して、「日曜文芸」のページを設けたのは1921（大正10）年8月のことである。新聞のページ数がそれまでの4から6ページに増えたのを機に、日曜日に発行される新聞の1ページを割き、投稿された詩歌や評論、小説を掲載した。前掲の前橋の文人たちも折にふれて寄稿した。これほど文芸を優先した地方紙は当時全国でも見られず、群馬県民の文学への関心を高めた。

萩原朔太郎が上毛新聞に盛んに作品を発表し始めるのは1913（大正2）年からである。同年から翌年にかけて集中的に短歌、詩が掲載されている

『月に吠える』の2篇削除命令への抗議文

そして1917（大正6）年2月、異例の紙面が作られる。朔太郎の第一詩集『月に吠える』に収録した2篇が、風俗壊乱を理由に削除を命ぜられたことに対する朔太郎の抗議文が上毛新聞の第1面に2回にわたって掲載されたのである。

新聞の発行禁止命令が相次いでいたこの時代、当局への批判の掲載がどれほど勇気を必要としたことだろうか。朔太郎と、当時の新聞人の気骨が伝わってくる。

1914（大正3）年3月、室生犀星が朔太郎と会うために前橋を訪れ、1カ月近く滞在した。その際につくった6篇の詩が上毛新聞に掲載されている。1929（昭和4）年には、妻とともに前橋に移住していた草野心平が、上毛新聞社で校閲、伝書鳩係として働いた。そのなかで、詩集や同人誌発行などに

精力的に取り組み、時代を画する詩運動を繰り広げている。

若き日に日曜文芸に詩などを投稿した伊藤信吉は、１９３４（昭和９）年から翌年にかけて上毛新聞社員となり、日曜文芸欄の編集者や記者として仕事をした。ほかにも、多くの詩人、歌人、俳人たちが上毛新聞に関わり、作品を発表し、文学運動を繰り広げた。

戦後も、終戦から間もない時期、投稿作品を募る上毛詩壇（選者・高橋元吉）、上毛歌壇（飯沼喜八郎）、上毛俳壇（上村占魚）、学生詩壇（岡田刀水士）が設けられ、上毛文学賞の創設、上毛詩壇ゼミナール開催など、文学の振興に努めた。

上毛新聞に限らず、明治期に創刊した上州、上州新報、群馬新聞なども文芸に力を入れた。その歴史をたどると、群馬という地域の特色を重視した新聞社が詩のまちを盛り上げてきたことがわかる。

朔太郎賞が前橋市民を刺激

「詩のまち前橋」という言葉はいつから使われるようになったのだろう。

特別な用語ではないので、厳密に特定できないが、１９７４（昭和49）年、前橋市が、潤いと安らぎのある環境づくりを目指して

「水と緑のまちをつくる条例」を制定したことがきっかけのようだ。

この時、多くの詩人を輩出した前橋の文化的特色を表す「詩《うた》」を加えた「水と緑と詩のまち」が市のキャッチフレーズと決まり、さまざまな場で使われるようになった。

さらに、あかぎ国体開催年の１９８３（昭和58）年につくられた「前橋市民憲章」で「わたくしたちは　水と緑と詩のまち前橋市民です」と強調され、都市づくりの目標を示す言葉として定着した。

１９９３（平成５）年に開館した前橋文学館の正式名称はこのキャッチフレーズを入れた「萩原朔太郎記念・水と緑と詩のまち前橋文学館」である。以来、文化の薫り高いまちをアピールするとき、「詩のまち前橋」が単独で使われている。

前橋市制施行１００年を記念して同年に始まった萩原朔太郎賞の最終選考、受賞作発表、授賞式のすべてが前橋で行われることもまた、「詩のまち」だからこそと言えるだろう。

歴代受賞者、選考委員が前橋と接点をもち、かつて前橋に滞在、居住した室生犀星、草野心平のように、地元の詩人や芸術文化に関心をもつ人たちに刺激と影響を与えている。

目に見えない磁力

「詩のまち」を最も感じさせてくれる場所はどこだろう。

利根川、広瀬川畔、前橋文学館周辺、敷島公園…人によって答えは異なるだろうが、もし今、前橋市民の意識調査を行い、これを質問項目に入れたとすれば、臨江閣周辺を挙げる人が最も多いのではないか。

詩人たちの活動が活発に繰り広げられてきた前橋のなかでも、特別な場所である。

前述したように、明治、大正、昭和にかけ、萩原朔太郎をはじめ、高橋元吉、伊藤信吉、そして室生犀星、草野心平らが行き来したり、この近くに住み、北原白秋、若山牧水も訪れて作品を残している。

彼らの足跡の多くは、臨江閣を中心に半径500<ruby>ﾄﾙ</ruby>《メー》ほどの区域に集中している。さらに関わりをもつ人物も含めれば、どれほどの数になるだろう。

なぜ、これほど集中しているのか。

理由としてまず挙げられるのは、前橋の迎賓施設だった臨江閣（2018年、国重要文化財に指定）の存在である。近代和風の木造建築で、建てられたのは1884（明治17）年。朔太郎が生まれる2年前だ。1910（明治43）年には、その後の前橋の躍進・発展の契機となったと言われる一府十四県連合共進会が前橋で開かれた。これに合わせて、隣接地に貴賓館として書院風建築の臨江閣別館が建設される。

この別館2階広間では朔太郎が結婚式を挙げている。朔太郎の郷土望景詩の一篇「波宜亭」の舞台となった茶店は、臨江閣の隣接地にあった。臨江閣の南側にあるひょうたん池、藤棚、北側の広瀬川に架かる石川橋など古い橋、風呂川の辺りは、前橋でも最も歴史、風情を感じさせる特別な場所である。

前述の詩人たちもまた、この一帯のたたずまいに心引かれて足を運んだのではないか。そうした目に見えない磁力のようなものが臨江閣とその周辺にあるように思われる。

前橋のまちをゆっくり歩くと、思わぬところに詩人たちの往来の跡を見つけることができる。そんな、朔太郎や犀星らの息遣いが伝わってくるような場所が、これまで何度も存続の危機に瀕しながらも残されてきた。

かけがえのない宝である「詩のまち」を守り続け、次世代に伝えたいと心から思う。本書が微力ながらその役割を担えれば幸いである。

上毛新聞社顧問・論説委員　藤井　浩

「詩のまち前橋」めぐり

至渋川
「帰郷」詩碑
政淳寺（朔太郎墓所）
至赤城山
大渡の碑
大渡橋
広瀬川
R17
才川通り
利根川
「才川町」詩碑
伊藤信吉詩碑
一明館
群馬県立図書館
石川橋
「広瀬川」詩碑
絹の橋
臨江閣
平井晩村詩碑
朔太郎賞受賞詩人詩碑
萩原朔太郎記念館
るなぱあく
朔太郎像
中央大橋
朔太郎橋
広瀬川美術館
前橋文学館
東照宮
「月夜」詩碑
山村暮鳥詩碑
朔太郎生家跡碑
中央前橋駅
上毛電鉄
朔太郎通り
高橋元吉詩碑
煥乎堂
アーツ前橋
前橋望郷の碑
東宮七男詩碑
文学の小道
群馬県庁
前橋市役所
前橋市立図書館
R50
至前橋IC
群馬大橋
萩原恭次郎詩碑
利根橋
JR両毛線
JR前橋駅
「新前橋駅」詩碑
前橋刑務所

萩原朔太郎生家移築と記念館

萩原朔太郎生家の書斎、離れ座敷、土蔵の3棟は、多くの曲折を経て、２０１７年4月、前橋市中心街の前橋文学館前に移築復元され、一般公開されている。

書斎はもともと味噌蔵として使われていた建物で、朔太郎の意向通りに改造された。演奏会、集会などが開かれ、詩集『月に吠える』の多くの詩がここで作られた。離れ座敷は主に来客用に使われ、前橋を訪れた北原白秋、若山牧水、室生犀星らが通されたとされる。

朔太郎が生活した建物が前橋空襲でも焼失を免れ、現在まで残されてきたことは奇跡と言っていい。かけがえのない前橋の宝である。

しかし、ここに至るまでの歩みをたどると、茨の道だったことがわかる。何度も存続の危機を迎えながら、多くの人々の献身的な努力により乗り越え、今に至っているのである。

建物の扱われ方は、朔太郎の詩業、そして歴史文化に対する市民の意識の表れと言っていい。時代ごとの判断を追っていくと、「詩のまち前橋」の軌跡と課題が見えてくる。

萩原朔太郎記念館関連年表

1960(昭和35)年11月 萩原朔太郎書斎(前橋市北曲輪町69番地)が所有者から前橋市に寄贈される

1961(昭和36)年5月 前橋市が萩原朔太郎書斎を前橋市立桃井小学校の校庭北東隅に移築

1967(昭和42)年11月 萩原朔太郎研究会などが前橋市長に「萩原朔太郎の生家の保存と記念館の建設に関する陳情書」を提出

1968(昭和43)年7月 津久井家が前三百貨店に萩原朔太郎生家宅地を売る契約結ぶ

8月 萩原朔太郎生家の離れ座敷が前橋市に寄贈される

9月 麻生良方衆院議員が前三に、朔太郎生家地所一部の割愛を要望。離れ座敷を移し、3階建ての朔太郎記念館を建築する構想を提案

10月 前三が地所の割愛に応じられないと回答

12月～ 萩原朔太郎生家の母屋が取り壊される

1969(昭和44)年4月 前橋市が萩原朔太郎生家離れ座敷と庭園の一部を中央公民館(臨江閣)敷地内に移築

1970(昭和45)年5月 広瀬川畔に萩原朔太郎の「広瀬川」詩碑建立。支柱には朔太郎生家の門柱を使用

1971(昭和46)年5月 萩原朔太郎生家跡碑が旧萩原家跡に萩原朔太郎研究会により建立。生家の門柱を使用

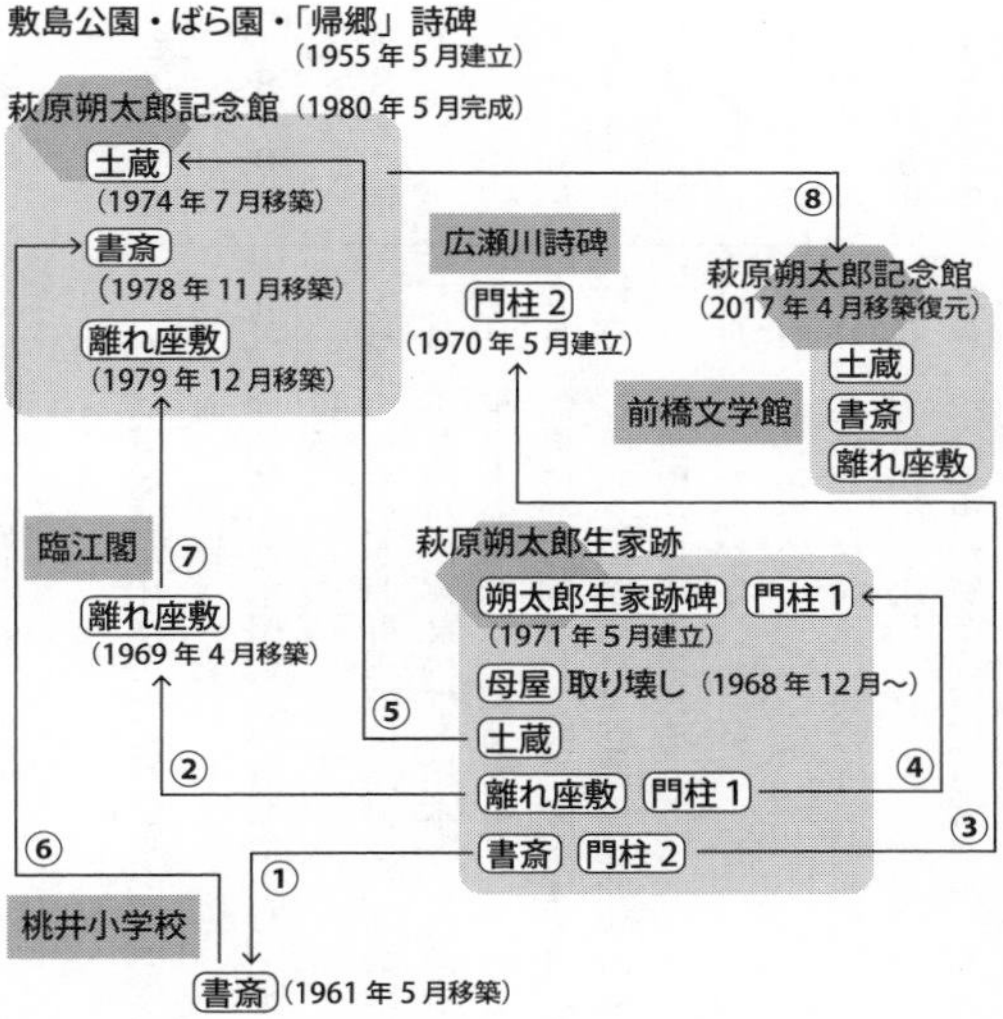

1972(昭和47)年 9月　前橋市が前三から萩原朔太郎生家土蔵の寄贈を受け、解体、保管

1974(昭和49)年 7月　前橋市が萩原朔太郎生家土蔵を敷島公園・ばら園内に移築し、翌年、展示施設として一般公開

1978(昭和53)年11月　書斎を桃井小学校からばら園内に移築

1979(昭和54)年12月　離れ座敷を中央公民館からばら園内に移築

1980(昭和55)年 5月　3棟の建物を萩原朔太郎記念館として一般公開

2003(平成15)年11月　萩原朔太郎生家跡のマンション建設計画が表面化

12月　前橋市が萩原朔太郎生家跡碑の保存を不動産会社に要望。石碑を含むポケットパークを整備することで合意

2004(平成16)年 5月　市民団体が前橋市に対し、マンション建設予定地を取得し、敷島公園内の生家を移築、「萩原朔太郎記念公園」(仮称)として整備することなどを求める陳情書を提出

5月　前橋市議会総務企画委員会が、「萩原朔太郎記念公園」建設などを求める市民団体の請願を不採択とする

2006(平成18)年 5月　萩原朔太郎生家跡にポケットパークが完成

2016(平成28)年10月　前橋市がばら園の3棟の建物を中心街にある前橋文学館前の河畔緑地に移築復元する計画を発表

2017(平成29)年 4月　前橋文学館前の河畔緑地に萩原朔太郎記念館が移築復元され、一般公開

「詩のまち前橋」の軌跡

1690年		前橋藩第5代藩主、酒井忠挙が前橋北郊に別荘「観民亭」を設け、そこからの風景を和歌に詠む（前橋十二景）
1870年	6月	前橋藩の速水堅曹らが藩命により、細ケ沢（現前橋市住吉町）に日本で初めての器械製糸所を設ける
1884年	1月	山村慕鳥が西群馬郡棟高村（現高崎市棟高町）に生まれる
	5月	平井晩村が東群馬郡前橋本町（現前橋本町2丁目）に生まれる
	8月	東京—前橋間鉄道開通する
1885年	9月	前橋に迎賓館として臨江閣が建設される
1886年（明治19）	11月	萩原朔太郎が東群馬郡前橋北曲輪町（現前橋市千代田町2丁目）に開業医の父・密蔵と母・ケイの長男として生まれる
1887年	11月	上毛新聞が創刊
1892年	4月	前橋市制施行
1893年	3月	高橋元吉が前橋市曲輪町（現前橋本町1丁目）に生まれる
1896年	10月	上州新報が創刊
1897年	6月	東宮七男が勢多郡宮城村大字苗ケ島（現前橋市苗ケ島町）に生まれる

	8月	俳人の倉田萩郎らが前橋で「いなのめ会」を結成
1899年	5月	萩原恭次郎が勢多郡南橘村日輪寺（現前橋市日輪寺町）に生まれる
1904年	7月	高村光太郎が赤城山の猪谷旅館に50日余り滞在し、『赤城画帖』を書く
1906年	11月	伊藤信吉が群馬郡元総社村（現前橋市元総社町）に生まれる
1909年	5月	文芸誌「おち栗」が前橋で創刊
1910年	8月	臨江閣別館（貴賓館）が完成
		上毛新聞に文芸欄開設
	9月	1府14県連合共進会が前橋市で開催される
1913年	2月	萩原朔太郎が「朱欒」に詩「みちゆき」ほか5篇を発表
	4月	萩原朔太郎が自筆歌集『ソライロノハナ』を編む
	8月	萩原朔太郎が上毛新聞に「一群の鳥」（短歌13首）を発表する（同年10、12月にも発表）
1914年	1月	萩原朔太郎の書斎が完成
（大正3）	2月	室生犀星が東京から初めて前橋市を訪れ、3月まで利根川沿いの旅館「一明館」に滞在。萩原朔太郎と毎日のように会い、文学について語り合う。犀星は上毛新聞に「前橋公園」など詩6篇を発表する
	3月	萩原朔太郎が上州新報の投稿欄「上州歌壇」の選者となる
	4月	豊国覚堂が郷土史研究雑誌「上毛及上毛人」を創刊
	6月	萩原朔太郎、室生犀星、山村暮鳥が「人魚詩社」を結成する

1915年（大正4）	8月	萩原朔太郎を中心に集まった若い詩人たちにより文芸誌「侏儒」が前橋で創刊
	1月	北原白秋が前橋市を訪れ、萩原朔太郎家に1週間滞在する
	3月	「人魚詩社」の機関誌「卓上噴水」を創刊
	5月	志賀直哉が赤城山に9月まで滞在し、小説「焚火」を書く
		秋ごろ、萩原朔太郎が前橋の音楽愛好家を集めて「ゴンドラ洋楽会」（後に上毛マンドリン倶楽部）を結成し、マンドリンを指導する
	12月	山村暮鳥の詩集『聖三稜玻璃』が発行される
1916年（大正5）	1月	ゴンドラ洋楽会の第1回演奏会が前橋市で開かれる
		3月ごろから、萩原朔太郎が自宅書斎で毎週1回、「詩と音楽の研究会」を開催し、前橋の詩人、歌人、音楽愛好者らに詩の講義や楽譜解説などを行う
	4月	萩原朔太郎と高橋元吉の往復書簡が始まる
	5月	詩歌雑誌「狐ノ巣」が創刊する
		前橋市立図書館開館
	6月	萩原朔太郎と室生犀星が詩誌「感情」を創刊
	9月	山村暮鳥が前橋に萩原朔太郎を訪ねる。「狐ノ巣」同人歓迎会に参加
1917年（大正6）	2月	萩原朔太郎の第1詩集『月に吠える』が発行される
		萩原朔太郎が上毛新聞に「風俗壊乱の詩とは何ぞ」を上、下2回にわたり発表
1918年	1月	角田恒と萩原恭次郎が雑誌「新生」を創刊

	2月	平井晩村が群馬県立前橋中学校から依頼され校歌を作詞
	11月	上野毎日新聞が創刊され、平井晩村が主筆となる
		河原侃二が雑誌「天景」を前橋で創刊
		山村暮鳥の詩集『風が草木にささやいた』が発行される
1919年	5月	萩原朔太郎が上田稲子と結婚。前橋の臨江閣別館（貴賓館）2階で披露宴
		若山牧水が前橋の「一明館」に山崎斌を訪ね、6月2日に萩原朔太郎宅を訪問する
	9月	平井晩村が死去
1920年	9月	萩原朔太郎の長女、萩原葉子が誕生
		上毛マンドリン倶楽部の演奏会が前橋市の柳座で開かれる
1921年（大正10）	3月	萩原朔太郎が前橋の詩人、歌人たちと「文芸講談会」を設け、毎週1回、朔太郎家、前橋市立図書館、波宜亭などで15回にわたって開く
	8月	上毛新聞に「日曜文芸」のページが創設される
	9月	平井晩村追悼句会が雨亭水荘で開かれる
1922年	10月	高橋元吉の第1詩集『遠望』が発行される
1923年	1月	萩原朔太郎の詩集『青猫』が発行される
	5月	高橋元吉の詩集『耽視』が発行される
	12月	山村暮鳥が死去
1925年	1月	山村暮鳥の詩集『雲』が発行される

(大正14)	2月	上毛マンドリン倶楽部による「萩原朔太郎上京送別演奏会」が前橋市の柳座で開かれる
	8月	萩原朔太郎の「郷土望景詩」を含む詩集『純情小曲集』が発行される
	10月	前橋市北部にある松林の公園が「敷島公園」と命名される
		萩原恭次郎の第1詩集『死刑宣告』が発行される
1926年	1月	伊藤信吉、斎藤総彦、萩原友明が詩誌「あゝらりるれろ」を創刊
	2月	萩原恭次郎らが上毛詩人会を結成
	5月	萩原恭次郎を中心に上毛総合芸術協会の第1回発表会が前橋の寄席「いろは」で開かれる。その宣伝のため、仮装した詩人たちが市内を練り歩く
	6月	俳人、倉田萩郎が死去
	7月	倉田萩郎句碑が敷島公園に建立される
	12月	伊藤信吉、井田貞衛が詩誌「街」を創刊
1928年(昭和3)	9月	草野心平が横地正次郎、坂本七郎の勧めで前橋市を訪れ、神明町の長屋などに約2年間住む
	11月	草野心平が前橋で詩集『第百階級』を発行する
	12月	草野心平、横地正次郎が謄写版の詩誌「学校」を創刊（翌年から伊藤信吉が加わる）
1929年	1月	伊藤信吉、横地正次郎が詩誌「片（ペンス）」を創刊
		福島県の詩人、三野混沌が発行した詩誌でこのころの草野心平の消息を「前橋市から世界的な詩雑誌を発行するといきまいている」と紹介する
	2月	野口雨情作詞、中山晋平作曲の「上州小唄」が完成し、前橋市の柳座で発表会が行われる

	6月	草野心平が上毛新聞に校正係として入社。伝書鳩の飼育係も務める
	10月	高村光太郎、岡本潤、高田博厚、逸見猶吉、岩瀬正雄らが赤城山の猪谷旅館に泊まる。光太郎からの電報を受けた草野心平と萩原朔太郎が前橋駅まで迎えに行き、心平が赤城山行に加わる。このほか、更科源三、尾形亀之助、小野十三郎らも前橋の草野宅を訪れた
	12月	7号まで出た「学校」寄稿者の作品を収録した『学校詩集　一九二九年版』が発行される
1931年（昭和6）	9月	**草野心平の前橋を題材にした詩を多く収録した詩集『明日は天気だ』が発行される**
		平井晩村民謡碑「落葉」が前橋市の東照宮（のちに前橋公園に移転）に建立される
	11月	萩原恭次郎の詩集『断片』が発行される
1933年	3月	上毛新聞学芸部主宰の「日曜文芸」復活記念短歌大会が前橋市の臨江閣で開かれる
	4月	伊藤信吉の第1詩集『故郷』が発行される
	8月	粕川村の歌人、須藤泰一郎が死去
	10月	伊藤信吉が上毛新聞社に校正係として入社。のち、日曜文芸を担当、外勤記者となり1935年6月に退社
	12月	須藤泰一郎追悼歌会が前橋市の臨江閣で開かれる
1934年（昭和9）	9月	須藤泰一郎遺稿歌集『言霊』が発行され、土屋文明が序文を寄せる
	6月	**萩原朔太郎の詩集『氷島』が発行される**
1935年	11月	萩原朔太郎の『猫町』が発行される
1936年	3月	萩原朔太郎の『郷愁の詩人与謝蕪村』が発行される

1937年	6月	高橋元吉、萩原恭次郎、伊藤信吉らが俳句誌「百黄土」を創刊する
1938年	2月	上毛新聞社学芸部主催の萩原朔太郎歓迎座談会が前橋市の新昇ホールで開かれる
	11月	萩原恭次郎が死去
1940年	3月	萩原朔太郎編『昭和詩鈔』が発行される
	11月	『萩原恭次郎詩集』が発行される。「萩原恭次郎詩集出版記念追悼供養の会」が東京で、「萩原恭次郎詩集出版記念会」が前橋市のキリン別館で開かれる
1942年	5月	萩原朔太郎が死去
1943年	3月	『萩原朔太郎全集』（小学館）第1回配本（「第7巻・古典鑑賞」）
1945年	9月	粕川村の歌人、赤木馬彦が短歌誌「白杜杙」を創刊
1946年	10月	高橋元吉、東宮七男らが萩原朔太郎詩碑建設委員会を発足
1947年	1月	上毛新聞社が文芸誌「東国」を創刊
	6月	「東国」5・6月号で萩原朔太郎特集
	7月	「萩原朔太郎追悼芸術祭」が詩碑建設委員会などにより前橋市の群馬会館で開かれるが、欠損金が生じて建設運動が停滞する
	12月	群馬文化協会が「上毛かるた」を発行
1950年	5月	上毛新聞の「上毛詩壇」（選者・高橋元吉）が始まる
1953年（昭和28）	11月	前橋市立図書館主催「萩原朔太郎展」が同図書館で開かれる。これが契機となり館内に「萩原朔太郎資料センター」（萩原朔太郎文庫）が設けられる

1954年	8月	『郷土所在萩原朔太郎書誌』が発行される（1964年発行の『萩原朔太郎書誌』の礎に）
1955年（昭和30）	5月	「萩原朔太郎詩碑」（「帰郷」）が詩碑建設委員会（委員長・関口志行前橋市長）により敷島公園に建立され、除幕式が行われる
1956年	3月	夭折した前橋の詩人、画家、中沢清の遺稿集『みしらぬ友』が出版される
	5月	「萩原朔太郎追悼講演会」が前橋市の貿易会館で開かれる
1957年	4月	前橋詩人クラブが発足
	5月	群馬詩人クラブが発足
1958年	7月	萩原朔太郎生家保存の朔太郎常用机が前橋市に寄贈される
1959年	5月	萩原恭次郎詩碑が前橋市石倉地内利根川畔に建立され、除幕式が行われる
	11月	萩原朔太郎の長女、萩原葉子の『父・萩原朔太郎』が出版される
1960年（昭和35）	11月	萩原朔太郎書斎が所有者から前橋市に寄贈される 6～8日、「朔太郎祭」が前橋市で開かれる。「萩原朔太郎資料展」「写真展」（前橋市立図書館）は大竹新助が郷土望景詩をテーマに撮影した写真を展示、「講演と音楽の夕」（群馬会館）は三好達治、中野重治、伊藤信吉、蔵原伸二郎、萩原葉子らが講演、藤沢林太郎が朔太郎作曲「機織る乙女」を演奏。地元有志が「朔太郎研究会」の設立を申し合わせる
1961年	5月	前橋市が萩原朔太郎書斎を桃井小学校の北東隅に移築
	6月	萩原朔太郎書斎移築披露会が前橋市立図書館で開かれる
	11月	前橋市立図書館が「郷土近代物故作家資料展」を同館で開催。平井晩村、山村暮鳥、萩原恭次郎、

1962年

4月　須藤泰一郎、関口雨亭ら、朔太郎以外の詩人、俳人、歌人を紹介

前橋市立図書館が「山村暮鳥をしのぶ会」を前橋市の貿易会館で開催、藤原定、山室静、伊藤信吉らが講演

11月　萩原朔太郎の『愛憐詩篇ノオト』復刻版が出版される

12月　『高橋元吉詩集』が発行される

1963年（昭和38）

4月　『高橋元吉詩集』が高村光太郎賞に決まる

5月　第1回「朔太郎忌」記念のつどい（前橋市立図書館主催）が前橋市の東電サービスセンターで開かれ、神保光太郎、伊藤信吉、萩原葉子らが講演

11月　萩原朔太郎研究会準備委員会が発足

1964年（昭和39）

3月　『萩原朔太郎書誌』（前橋市立図書館編）が発行される

4月　西脇順三郎が前橋市立図書館で講演。歓迎夕食会を兼ねて朔太郎忌第1回実行委員会を開催。伊藤信吉を実行委員長とし、事務局を前橋市立図書館と決める

5月　第2回「朔太郎忌」記念のつどいが前橋市中央公民館で開かれ、250人が来場。村野四郎、那珂太郎、福永武彦、結城昌治、伊藤信吉、萩原葉子らが講演。萩原朔太郎研究会（事務局・前橋市立図書館）が設立される

「萩原朔太郎研究会会報」が創刊

8月　第1回萩原朔太郎研究会研究例会が前橋市立図書館で開かれる。川浦三四郎が「『月に吠える』まで」、伊藤信吉が「戦争と朔太郎」と題して講演

１９６５年	１月	高橋元吉が死去
	５月	第３回「朔太郎忌」記念のつどいが前橋市中央公民館で開かれる
１９６６年（昭和41）	５月	高橋元吉詩碑が前橋市の群馬県庁裏の高浜公園に建立
	９月	みやま文庫『詩人萩原朔太郎』発行
	10月	「萩原朔太郎誕生八十年記念群馬詩人祭」（萩原朔太郎研究会、前橋市立図書館主催）が前橋市の貿易会館で開かれる
１９６７年	１月	高橋元吉賞が設けられ、山村暮鳥研究家の小山茂一が第１回受賞者に決まる（１９７２年に高橋元吉文化賞と改称し、２００５年まで続けられた）
	８月	萩原朔太郎生家の離れ座敷が所有者から前橋市に寄贈される
	12月	『萩原恭次郎全詩集』刊行記念講演会（朔太郎研究会、群馬県詩人会議、群馬詩人クラブ主催）が前橋市水道会館で開かれる
１９６９年	４月	前橋市が萩原朔太郎生家離れ座敷を中央公民館（臨江閣）裏に移築（生家母屋は解体されたが、土蔵は残される）
	10月	渋谷国忠（萩原朔太郎研究会幹事長）が死去
１９７０年（昭和45）	５月	萩原朔太郎の２つ目の詩碑「広瀬川詩碑」が前橋・広瀬川畔に建立され、除幕式が「朔太郎忌」と兼ねて開かれる
１９７１年	５月	「萩原朔太郎生家跡記念碑」が旧萩原家跡に萩原朔太郎研究会により建立される
１９７４年	３月	前橋市水と緑のまちをつくる条例が制定される。これを機に前橋市は「水と緑と詩《うた》のまち」をキ

（昭和49）		ャッチフレーズにまちづくりを進める
１９７５年（昭和50）	４月	旧萩原家土蔵を敷島公園内に移築し、「萩原朔太郎記念館」として開館、一般公開を始める
		山村暮鳥の詩碑が前橋市総社町の利根川西岸に建立される
	５月	前橋こども公園に「文学の小道」として、須藤泰一郎、萩原恭次郎、倉田萩郎、関口志行の歌碑、詩碑、句碑が建立される。同年11月には萩原朔太郎、平井晩村、高橋元吉、山村暮鳥、竹内茂登子の詩碑、歌碑、１９９７年5月に飯沼喜八郎の句碑が加えられる
	５月	伊藤信吉の詩碑が広瀬川畔に建立される
	11月	「萩原朔太郎生誕90年祭」（萩原朔太郎研究会、前橋市立図書館主催）が群馬会館で開かれる
１９７８年	８月	若い詩人の発掘、育成を目指す「島田利夫賞」が設けられ、第1回授賞式が前橋市で行われる（１９８７年、第10回で終了）
	11月	東宮七男詩碑が前橋市の広瀬川畔に建立される
１９８０年（昭和55）	５月	萩原朔太郎生家の離れ座敷が中央公民館から敷島公園に移築され、書斎、土蔵がそろい「萩原朔太郎記念館」整備が完成する
１９８１年	５月	「前橋望景の碑」が前橋市の銀座通りに建立される
１９８３年	２月	大渡橋の展望台に萩原朔太郎の「大渡橋」自註碑が建立される
	９月	敷島公園の「帰郷」詩碑が萩原朔太郎記念館近くに移転
１９８６年（昭和61）	９月	萩原朔太郎の詩碑「才川町」が前橋市若宮町の緑地公園に建立される
	10月	「萩原朔太郎生誕１００年祭」が前橋市民文化会館で開かれる

1987年	10月	萩原朔太郎の詩碑「月夜」が前橋市の広瀬川に架かる諏訪橋に建立される
	11月	萩原朔太郎の詩碑「新前橋駅」が新前橋駅前広場に建立される
1988年	3月	粕川村（現前橋市粕川町）の真下章が第38回H氏賞に決まる
1993年（平成5）	9月	「萩原朔太郎記念・水と緑と詩のまち前橋文学館」が前橋市中心街に開館する 前橋市制100年を記念して萩原朔太郎賞が制定され、第1回受賞作に谷川俊太郎の『世間知ラズ』が選ばれる
1995年	3月	前橋市出身の音楽教育家、井上武士の生誕100年を記念して、童謡歌碑「チューリップ」が前橋駅北口駅に建立される
	4月	前橋文学館友の会が発足
	7月	前橋文学館が募集した萩原朔太郎の作品の感想文などをまとめた『朔太郎と私―現代人に息づく詩人像』が出版される
1996年	8月	「第16回世界詩人会議日本大会」が前橋市で開催される
1997年	10月	世界詩人会議開催を記念して前橋市が小、中、高校生の詩のコンクール「詩のまち前橋・若い芽のポエム」を創設
1999年	11月	上毛新聞社発行の季刊文化誌「上州風」創刊号の特集で朔太郎の詩「波宜亭」と前橋の詩的にぎわいを取り上げる
2000年	4月	朔太郎を中心とする前橋の文化の再発見を目的に市民団体「波宜亭倶楽部」が発足
2002年	8月	萩原朔太郎研究の第一人者、伊藤信吉が死去

２００４年	8月	伊藤信吉の業績を顕彰する「伊藤信吉の会」が発足（～２００６年11月）
２００５年	9月	東京で開かれていた萩原朔太郎賞の選考委員会がこの年から前橋で開かれる
２００６年	11月	萩原朔太郎生誕１２０年
２００７年	10月	「マンドリンのまち前橋・朔太郎音楽祭」を前橋市民文化会館で開催
２０１０年	3月	野口武久（萩原朔太郎研究会事務局長）が死去
２０１３年	4月	前橋市文化スポーツ振興財団が前橋文学館の指定管理者となる
	6月	萩原朔太郎研究会の第５代会長に三浦雅士が就任
	10月	芸術文化施設「アーツ前橋」が開館。開館記念展は「カゼイロノハナ　未来への対話」
２０１４年（平成26）	5月	朔太郎忌「朔太郎ルネサンスin前橋」が前橋テルサで開かれる
		「前橋ポエトリー・フェスティバル」が前橋文学館などで開かれる
	6月	那珂太郎（１９９２年から２０１４年まで第４代萩原朔太郎研究会会長）が死去
２０１５年	4月	萩原朔太郎の孫、萩原朔美が前橋文学館長に就任
２０１６年	4月	前橋文学館が前橋市の直営管理となる
	12月	萩原朔太郎研究会第６代会長に松浦寿輝が就任
２０１７年（平成29）	4月	敷島公園にあった萩原朔太郎記念館（朔太郎の書斎など）が前橋文学館近くに移築される
	7月	萩原朔太郎の詩集『月に吠える』１００年記念展が前橋文学館で開催される（～10月）
２０１８年	8月	臨江閣が国重要文化財に指定される
２０２０年	8月	広瀬川に架かる石川橋が架け替えられ、欄干が近くに移転保存される

萩原朔太郎研究会の歴代会長

初代　伊藤　信吉　　2代　西脇順三郎　　3代　伊藤　信吉
4代　那珂　太郎　　5代　三浦　雅士　　6代　松浦　寿輝

萩原朔太郎賞歴代受賞者

第1回（1993年度）　谷川俊太郎　『世間知ラズ』
第2回（1994年度）　清水　哲男　『夕陽に赤い帆』
第3回（1995年度）　吉原　幸子　『発光』
第4回（1996年度）　辻　征夫　『俳諧辻詩集』
第5回（1997年度）　渋沢　孝輔　『行き方知れず抄』
第6回（1998年度）　財部　鳥子　『烏有の人』
第7回（1999年度）　安藤　元雄　『めぐりの歌』
第8回（2000年度）　江代　充　『梢にて』
第9回（2001年度）　町田　康　『土間の四十八滝』

第10回（2002年度）　入沢　康夫　『遐い宴楽　とほいうたげ』
第11回（2003年度）　四元　康祐　『噤みの午後』
第12回（2004年度）　平田　俊子　『詩七日』
第13回（2005年度）　荒川　洋治　『心理』
第14回（2006年度）　松本　圭二　『アストロノート』
第15回（2007年度）　伊藤比呂美　『とげ抜き　新巣鴨地蔵縁起』
第16回（2008年度）　鈴木志郎康　『声の生地』
第17回（2009年度）　松浦　寿輝　『吃水都市』
第18回（2010年度）　小池　昌代　『コルカタ』
第19回（2011年度）　福間　健二　『青い家』
第20回（2012年度）　佐々木幹郎　『明日』
第21回（2013年度）　建畠　哲　『死語のレッスン』
第22回（2014年度）　三角みづ紀　『隣人のいない部屋』
第23回（2015年度）　川田　絢音　『雁の世』
第24回（2016年度）　日和　聡子　『砂文』
第25回（2017年度）　岡本　啓　『絶景ノート』
第26回（2018年度）　中本　道代　『接吻』
第27回（2019年度）　和合　亮一　『ＱＱＱ』
第28回（2020年度）　マーサ・ナカムラ　『雨をよぶ灯台』

索　引

創刊の辞

新聞の一面に毎日掲載されるコラムは「新聞の顔」であり、読者に開かれた「社会への窓」でもあります。上毛新聞のコラム「三《み》山《やま》春《しゅん》秋《じゅう》」は、赤城、榛名、妙義の上毛三山にちなんで名づけられました。群馬県全域に取材網を巡らせ、よりきめの細かい、地元の記事を多角的に掲載する新聞社としての矜持を示したものです。

県内を長年走り回ってきた経験豊富な記者がタイムリーな話題に焦点を当て、独自の視点でペンを取っています。群馬の文化や政治、経済、スポーツ、事件・事故、自然災害など、記者の視線は各分野にわたり、まさに「群馬の歴史」そのものを凝縮した内容となっています。

上毛新聞は１８８７（明治20）年11月に創刊されました。発刊の辞には、「凹《おう》硯《けん》を洗ひ禿《とく》筆《ひつ》を舐《な》め、繁雑の社会に立って繁雑の出来事を網羅し、侃《かん》々《かん》の論、諤《がく》々《がく》の議、党せず偏せず、社会の羅針盤を以て自任せんとす」と記されています。この決意は日々の新聞づくりで受け継がれています。

『上毛新聞コラム新書　三山春秋が伝える時代のこころ』はテーマごとに編集し、順次出版してまいります。複雑な社会情勢の中、時代を考え、今を読み解く参考になればと願っております。

上毛新聞社代表取締役社長　内山　充

上毛新聞コラム新書 2

「三山春秋」が伝える時代のこころ

詩のまち「前橋」ものがたり

二〇二〇年一一月二二日　初版第一刷発行

上毛新聞社編

発　行　上毛新聞社デジタルビジネス局出版部
〒371-8666
群馬県前橋市古市町一丁目50-21
TEL 027-254-9966

ISBN978-4-86352-269-5